생각보다 잘 살고 있어

생각보다 잘 살고 있어

이 시대 2인 가족의 명랑한 풍속화

ㅡ 박산호 지음 ㅡ

지와인

• 가나다순

여자 둘이 사는 이야기는 항상 옳다. 게다가 사십 대 여자와 십 대 여자의 폭풍 성장 동거 이야기라니! 때로는 서로의 필요를 채워 주는 보호자로, 때로는 가차 없이 팩트를 날려주는 동거인으로, 극과 극의 취향을 가진 두 여자의 예측불허 동거 일기는 샘이 날 정도로 재미있다. '아! 나도 저기에 끼고 싶다'는 자연스러운 마음 이 든다. 일단 신도시, 사춘기 소녀와 스릴러 번역가, 쿨한 고양이 라는 조합만으로도 장르적으로 완벽하지 않은가!

무엇보다 이 책에는 까다로운 SNS 독자들을 열광시킨 일상의 기 록자로서 박산호의 매력이 유감없이 발휘됐다. 그리하여 책장을 덮고 나면 머릿속으로 아련한 풍경이 그려진다. 언젠가 나도 십 대 딸과 저렇게 신나게 동행을 할 수 있겠지. 어느 날 아이가 "울

5

고 싶을 땐 어떻게 해?" "아빠가 미울 땐 어떻게 해?"라고 물으면 그녀처럼 현명하게 답을 해줘야지. 저자는 딸에게 "사랑하는 딸, 너는 네가 되렴"이라고 했지만, 책을 다 읽고 나면 이런 말이 들리는 것 같다. "사랑하는 엄마, 엄마도 그냥 자신이 되세요." 고맙다, 그들이 이 시대 2인 가족의 명랑한 풍속화를 그려줘서!

—김지수, <조선비즈> 기자, 『자기 인생의 철학자들』 저자

이 책까지 읽고 나니, 내가 왜 늘 이 작가의 글을 읽을 때마다 인생에서 유난히 힘들고 외로웠던 순간들로 돌아가 있곤 하는지 알 것 같다. 아무에게도 이해받지 못할 것 같아 막막했던 당시의 내가 상상 속에서 수도 없이 그려보고 그리워했던 '나를 이해해줄 누군가'의 모습에 그가 가장 가까운 사람이어서 그렇다.

용기 있게 시행하고 담백하게 착오를 인정하며 시행착오들을 통해 점점 넓고 깊은 곳으로 나아가는 사람. 그래서 타인의 시행착오들을 기다려줄 줄 아는 사람. 그 힘이 어디서 비롯됐는지, 그 힘을 주고받으며 함께 걷는 관계란 얼마나 눈부신지, 이 책이 들려주는 두 사람의 이야기가 너무 소중해서 제발 끝나지 않기를 바라며 읽었다. 이 책이 일으켜 세운 마음으로 또 몇 년 잘 살아볼 수

있을 것 같다. 소중한 이들과 함께. 서로를 지켜내며.

_김혼비, 『우아하고 호쾌한 여자 축구』 『아무튼, 술』 저자

박산호 작가와 나는 살아온 길이 영 다르다. 그런데 엄마로 사는 방식은 이렇게 비슷할 수가 있나. 몇몇 글은 '이거 내가 쓴 거 아냐?' 싶을 정도였다. 단지 내가 자상한 아들과의 동거에 익숙하다면, 이쪽은 시크한 딸과 벌이는 알콩달콩한 생활이다. 때로 더 살벌하고, 가끔은 훨씬 애틋하다. 립스틱과 티셔츠를 같이 입는 인생 친구라니, 딸 없는 사람은 서러워 살겠나. 내가 맛보지 못한 모녀지정을 간접 경험할 수 있어서 읽는 내내 즐거웠다. 한 가지 분명한 건, 영락없이 그이와 나는 아이 덕을 보며 훨씬 성숙해진 양육자라는 사실이다. 『마녀엄마』의 딸 버전으로 읽히면 딱 좋겠다.

_이영미, 『마녀체력』 『마녀엄마』 저자

남들처럼
살지는 않습니다만

어렸을 때는 커서 결혼하면 아이 넷을 낳고 시끌시끌하게 살고 싶
었다. 남들 보란듯이 단란하고 행복한 '정상 가족'으로 번듯하게.
그래서 장래희망을 묻는 질문에 언제나 소설가와 현모양처 두 개
를 적어 내곤 했다.

　인간이 미래를 볼 수 없다는 건 어떤 면에서 축복인지도 모르
겠다. 어느덧 정신을 차리고 보니 쉰이 코앞으로 다가온 지금, 나
는 싱글맘으로 딸 하나와 일곱 살 고양이 한 마리 그리고 태어난
지 두 달 하고 이 주일이 지난 강아지 한 마리를 키우며 살아가고
있다. 소설가는 아니지만 번역하면서 글을 쓰고 있으니 그 꿈은

비슷하게라도 이뤘고. 고양이와 강아지까지 쳐도 아직 자식 넷 중 하나가 부족하다. 아, 거기다 남편도 없군.

현모양처가 꿈이던 어린 내가 지금 모습을 본다면 뭐라고 할까? 좀 황당하고 어이없겠지만 실망할 것 같지는 않다. 오히려 픽 웃을 것 같다. '생각보다 잘 살고 있는걸. 보기 좋아'라고 하면서.

인생의 단맛 쓴맛을 골고루 맛본 어른이 된 지금, 어린 시절을 돌아보면 내가 바랐던 가족은 세상이 바라는 가족, 즉 세상이 기대하는 형태였다. 아빠 곰, 엄마 곰, 아기 곰들이 있는 가족. 그 안에서 어떤 일이 벌어지더라도, 설사 가족 간 살인이 벌어지더라도 집안일이라는 이유로 보호해주는 가족. 그것만이 정상이자 표준이자 평범이라고 못 박은 가족. 그래서 홀로 설 때 오랫동안 생각하고 고민했다. 내가 싱글맘의 자녀로 크면서 받아온 사회적 편견과 상처를 내 아이에게 다시 물려주고 싶지 않았으니까.

하지만 아무리 생각하고 또 생각해도 나, 아이, 아이 아빠, 이렇게 우리 셋 다 행복할 수 있는 선택은 그것밖에 없었다. 결과적으로 옳은 선택이었다. 우리 셋은 같이 살지는 않지만 서로 돕고 지지하는 방법을 찾았고, 그렇게 지금까지 따로 또 같이 살아가고 있다.

처음 출판사에서 나와 릴리가 살아가는 이야기를 써보자고 제안했을 때 조금 망설였다. 내 이야기를 쓰는 것과 릴리의 이야기를 쓰는 것은 전혀 다른 문제니까. 릴리에게 네 이야기를 써도 되겠냐고 허락을 받은 후 우리 이야기를 쓸 수 있었다.

릴리 그리고 송이와 있었던 여러 가지 일들을 쓰면서 오랫동안 잊고 있었던 여러 순간들이 떠올랐다. 흠칫 놀라기도 하고, 기쁘기도 하고, 슬프기도 하고, 그립기도 했다. 인간은 어디까지나 자기합리화에 강한 동물이라 지나간 일들을 미화하고 정당화하기 마련이라지만, 그런 합리화라는 필터를 씌워도 릴리에게 한없이 미안하고 참담한 순간들이 있다. 글을 쓰기 시작하면서 그런 순간들도 빠뜨리지 않고 하나하나 남겨보려고 했다.

뭐랄까…. 엄마 혼자 키웠다고 해서 버릇없거나 이기적이거나 남들이 모르는 그늘 혹은 상처, 결핍이 있는 아이로 자라는 것은 아님을. 주 양육자가 하나든, 둘이든, 셋이든, 혹은 없다고 하더라도 변함없는 믿음과 사랑을 주면 아이는 햇빛을 받고 쑥쑥 자라는 나무처럼 튼튼하게 자랄 수 있음을. 그런 것들을 세상에 말하고 싶었다.

릴리가 자라는 몇 년 동안 페이스북에 올린 글의 상당 부분을

이 책에 실었다. 딸과의 이야기를 올릴 때마다 아이를 키우는 부모들이 같이 호응하고 공감하고 응원해주어서 더 용기를 낼 수 있었다. 지금까지 나 혼자 어린 릴리를 키워냈다고 생각했는데, 그건 착각이었다. 아이를 키우기 위해 한 마을이 필요하다는 말처럼 릴리는 내가, 외할머니가, 이모와 이모부가, 아빠가 키웠고, 릴리를 아끼는 선생님들과 친구들이 같이 키웠다.

그와 동시에 릴리는 나와 아빠를 키웠다. 작고 어리고 여리지만 어른보다 크고 깊고 관대한 마음의 소유자인 릴리는 때로는 웃음으로, 때로는 눈물로, 때로는 정성스러운 선물로, 때로는 고맙다는 말로, 때로는 엇나가는 반항심으로 엄마인 나 그리고 아빠와 소통했다. 그러면서 내가 아니지만, 나의 일부인 자식과 함께 살아가는 것이 어떤지를 깨닫게 해줬다. 릴리 덕분에 나와 아이 아빠는 전보다 깊어지고 성숙해질 수 있었다.

'해리 포터' 시리즈를 탄생시킨 작가 J. K. 롤링도 첫 결혼에 실패한 전력이 있다. TV 토크쇼에서 오프라 윈프리가 "과거를 돌이킬 수 있다면 첫 결혼을 안 했을까?"라고 질문하자 그는 눈물이 그렁그렁한 눈으로 말했다. "과거에 어떤 고통을 겪었다 해도 다시 돌아갈 수 있다면 그때와 똑같은 선택을 했을 거예요. 첫 결혼에서 낳은 딸을 다시 만나기 위해."

영화 〈컨택트〉에서 언어학자 루이스는 외계에서 온 생명체 헵타포드와의 만남을 통해 미래를 본다. 그리고 언젠가 자신에게 찾아올 너무나 사랑스러운 딸이 병마에 시달리다 세상을 떠날 운명임을 알게 된다. 그러면서도 그 딸을 낳는 미래를 선택한다.

한 아이를 키우는 엄마로서 나는 롤링의 마음도, 루이스의 마음도 알 수 있었고, 공감했다. 나 역시 다시 과거로 돌아간다 해도, 릴리와 둘만 사는 인생을 내다보는 능력이 있었다 해도 과거에 한 선택들을 하나도 바꾸지 않았을 것이다.

그래야 이 소중한 아이를 다시 만날 수 있으니까. 게다가 나는 릴리를 낳고 키우기 전의 나보다 지금의 내가 더 마음에 드니까. 그걸 가능하게 만들어준 사람이 릴리다.

릴리를 키우고 송이와 같이 살면서, 그리고 어린 강아지 해피를 입양해 넷이 같이 살면서 깨달은 것이 있다. 우리는 따로 떨어져 있을 때에는 연약하고 상처받기 쉽고 무력한 존재이지만, 사랑으로 연결되면서 힘이 센 존재가 될 수 있었다.

이렇게 사랑으로 연결된 존재들과 같이 있는 한 인생은 덜 가혹하며, 그나마 견딜 만한 것이 된다. 때로는 깜짝 놀라는 일들도 만들어진다. 그러니 우리가 어떤 형태로 살고 있는가는 사실 그리 중요하지 않다.

릴리, 송이, 해피와 나의 이야기를 쓰는 동안 삶의 여러 형태를 떠올릴 수 있었다. 반려식물을 키우며 햇볕과 바람이 잘 드는 곳을 찾으려 애쓰는 사람, 동반자와 둘이 알콩달콩 사는 사람, 아픈 가족을 보살피는 사람, 마음으로 낳은 아이를 잘 키우려 애쓰는 사람, 반려동물과 행복하게 살아가는 사람, 혼자서 자신을 아주 잘 기르고 있는 사람.

우리 모두는 남들과 다른 삶을 산다. 살아가고, 사랑한다는 것. 그것으로 행복하며, 그것으로 충분하다. 내 인생의 빛이 되어준 릴리, 송이, 해피에게 고맙다는 말을 하고 싶다.

겨울을 앞두고

박산호

| 차례 |

완벽하지 않은 여자, 아직 자라고 있는 여자

1.

3.

완벽하지 않은 여자, 아직 자라고 있는 여자

1

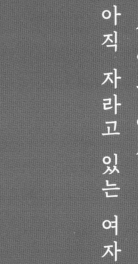

카레에
닭고기는
좀 아닌 것 같아

릴리의 겨울방학이 엿가락처럼 늘어지다 못해, 사상 초유의 온라인 개학을 맞이하게 되었다. 코로나 사태로 언제쯤 아이들을 학교에 다시 보낼 수 있을지 명확하게 알 수 없는 상황이 이어졌다. 어른들은 바짝바짝 속이 타들어갔다. 하지만 릴리를 보나 초등학교에 다니는 조카들을 보나, 아이들은 더없이 행복해 보였다.

    문제는 꼼짝없이 집에 갇혀 삼시 세끼를 비롯해 간식까지 만들어(사실은 사다) 바치고, 아이의 일상부터 학업까지 챙겨야 하는 엄마들의 고통이 하염없이 늘어나고 있는 것. 얼추 다 컸지만 아직 아이 티가 가시지 않은 고3 릴리의 개학이 사월로 넘어간다는 교육부의 발표를 들은 그때, 나도 모르게 절규하고 말았다.

마침 방에서 공부하다 물을 마시러 나온 릴리가 그 모습을 보고 물었다. "왜 그래?"

당황한 내가 더듬더듬 대답했다. "아, 개학이 연기됐대."

릴리는 무심한 얼굴로 말했다. "그랬구나. 난 개학 연기돼도 별 상관 없는데." 그러면서 더없이 해맑은 얼굴로 오싹한 질문을 던졌다. "엄마도 그렇잖아. 안 그래?"

순간 말문이 막힌 와중에 머리를 정신없이 굴려서 간신히 둘러댔다. "그렇지, 나도 아무 상관 없지. 다만 이러다 여름방학이 없어지면 네가 학원 다니기 힘들까 봐 걱정돼서 그렇지." 릴리는 급조한 나의 대답에 고개를 끄덕이고는 방으로 다시 들어갔다.

'어이쿠. 위험했다. 방학 전까지 하루에 한 끼만 챙겨주면 땡이었는데. 이제 삼시 세끼를 챙겨줘야 하는 내 마음을 네가 어찌 알리오?!'

릴리와 나는 가까운 것 같으면서 은근히 멀고, 할 말 못 할 말 다 하는 것같이 친하면서(그렇다고 믿고 있다) 한편으로는 쿨하게 서로 모르고(혹은 모르는 척) 넘어가는 일도 많다. 그런데 코로나 사태로 같이 있는 시간이 어쩔 수 없이 길어지면서 서로에 대해 몰랐던 사실을 하나둘씩 발견하고 있다.

한번은 오늘 또 무슨 반찬을 해야 하나(이건 4차 산업혁명의 핵심인 양자 컴퓨터를 동원해도 절대 해결하지 못할 난제라고 강력하게 확신한다) 고심하다 하우스 카레와 닭고기를 사서 야심 차게 카레를 만들어 식탁에 놓고 릴리의 표정을 살폈다. 그런데 예상과 달리 릴리의 표정이 어두웠다! 하우스 카레(오뚜기 카레보다 부드럽고 단맛이 강하다)도 좋아하고, 닭고기도 좋아하니 천상의 조합이라고 생각했는데 의외로 떨떠름한 반응을 보니 고민한 시간 + 요리한 시간에 비례해 빛의 속도로 힘이 빠졌다.

"왜, 맛없어?"

"카레에 닭고기는 좀 아닌 것 같아."

느닷없이 왈칵 서러워졌다.

"아니, 왜? 너 카레 좋아하잖아. 닭고기는 없어서 못 먹고."

"내가 닭고기는 좋아하지만 카레는 안 좋아해. 거기다 카레에 들어간 닭고기는 정말 별로야."

"뭐, 뭐라고? 너 카레 좋아했잖아!"

"그건 내가 초딩 때였잖아. 나 이제 고3이야."

그렇게 따박따박 대꾸하고 식탁에서 일어난 릴리의 뒷모습을 보니 영화 〈벌새〉의 한 장면이 떠올랐다. 주인공인 은희가 좋다며 수줍게 따라다니던 일 년 후배가 갑자기 그녀를 외면한다. 은희는 그 변심을 이해할 수 없어 섭섭한 마음에 후배를 불러내서 따진다. 후배는 이렇게 말한다. "언니, 그건 지난 학기잖아요."

은희와 나의 사정이 같진 않지만(사실 굉장히 다르지만) 은희의 기분이 어땠을지 조금은 이해가 됐다. 그래, 릴리야. 그동안 내가 너의 기호에 좀 무심했던 것 같구나….

누가 더 많이 사랑하나, 누가 더 상대에게 관심이 많나, 라는 유치한 애정 게임에서 부모는 언제나 자식에게 KO패 당할 수밖에 없다. 부모의 관심이란 자식에게 자석처럼 끌리기 마련인 반면에 자식, 무엇보다 한창 크는 사춘기 자녀의 관심은 하루키 방식으로 표현하자면 "부메랑처럼 자신에게 돌아오거나" 자신이 숭배하는 대상에게 가기 십상이니까. 그 숭배의 대상은 주로 연예인이나 친구지 부모일 확률은 제로다(생각해보니 자식이 부모에게 관심이 많다면 그것도 그리 좋은 일은 아닌 것 같기도 하고).

이런 엄혹한 사실을 처절하게 깨닫게 된 일이 있었다. 나는 과로하면 단박에 눈이 알레르기 발작을 일으킨다. 번역이란 몸이 아픈 것은 물론, 몸의 일부인 눈이 거부하면 할 수 없는 일이다(눈이 아프지 않으면 비염이 도지고, 비염이 도지지 않으면 어깨나 허리가 찢어질 듯 아프지만 골골 타령은 이쯤 하고…).『보물섬』에 나오는 미남 애꾸눈 선장처럼 안대를 하고 타자를 칠 수는 없으니까.

그날도 마감에 맞춰 정신없이 달리다 갑자기 왼쪽 눈이 심하게 쑤시고 가려웠다. 단골로 다니는 안과에서 안약 두 개도 모자라 안연고까지(안연고는 눈에 넣는 지옥이다) 받아와 넣고, 눈이 낫기를 기다리다 심심해서 〈보이스〉라는 스릴러 드라마를 정주행했다.

원래 스릴러 마니아인 데다, 드라마 속 연쇄살인마로 분한 배우가 딱 내 취향의 미남이었다. 의사 선생님이 시킨 대로 착한 아이처럼 왼쪽 눈에 아이스팩을 대고, 오른쪽 눈으로 하루에 예닐곱 시간씩 봤다. 오 분에 한 번꼴로 참혹한 비명이 온 집 안에 울려 퍼지자, 물 마시러 방에서 나온 김에 냉장고도 열어보던 릴리가 질색하며 말했다.

"눈도 아픈데 꼭 그렇게 잔인한 드라마를 봐야 해? 대체 어디가 그렇게 좋아?"

나는 눈에 댄 아이스팩을 누르며 대답했다. "나 원래 이런 드라마 좋아하는데. 그리고 명색이 스릴러 번역가인데 이런 드라마는 필수지."

그러자 릴리가 큰 눈을 동그랗게 뜨며 물었다. "엄마가 스릴러 번역가였어? 난 몰랐어!"

그 말에 노트북 속의 미남 살인마가 휘두르는 케틀벨 같은 흉기에 한 대 맞은 듯한 충격을 받았다.

"아니, 너는 엄마가 스릴러 소설을 번역해서 먹고사는 것도 몰랐어?"

"응. 그냥 영어책 번역하는 줄 알았지. 그게 스릴러인 걸 내가 어떻게 알아?"

"그, 그렇구나."

릴리는 별일 아니라는 듯 어깨를 으쓱하며 다시 방으로 들어갔고, 나는 뭔가 실망스럽기도 하고 서운하기도 해서 잠시 멍해졌다. 생각해보니 어렸을 때부터 내가 따발총을 쏘는 것처럼 타자를 치거나, 가끔은 글이 안 써진다고 머리카락도 얼마 안 남은 빈약한 머리를 부여잡고 몸부림치는 모습을 보면서 큰 릴리는 그게 스릴러인지 뭔지 전혀 관심이 없었던 것이다.

사실 컴퓨터 매뉴얼이든 요리책이든 스릴러 소설이든 무슨 차이가 있을까. 그걸로 우리 둘이 먹고살고 학원비와 용돈이 제대로 나오는 한, 릴리에겐 생업의 장르는 신경 쓸 일이 아니었을 것이다.

내가 스릴러 전문 번역가라는 사실을 알고도 릴리의 반응이 신통치 않았던 이유는 또 있다. 스릴러라면 환장하는 나와 달리 릴리는 스릴러라면 질색한다. 정확히 말하면 잔인한 장면이나 비명을 끔찍해한다. 그런데 정말 희한하게도 스릴러는 싫어하면서 공포 영화는 개봉할 때마다 하나도 놓치지 않고 본다. 대체 왜 그런지 이유를 물어봤지만 쿨하다 못해 무뚝뚝한 딸은 "재밌잖아"라며 간결하게 대답했다.

그렇지, 취향을 설명하라는 거 자체가 촌스럽긴 하지. 그래도 내게 스릴러를 좋아하는 이유를 물어보면 열 개 정도는 너끈히 말해줄 수 있는데 쌩 하고 가버리다니. 그렇다고 물어봐달라며 붙잡기도 민망하다. 어렸을 때 그렇게 놀아달라고 애걸해도 엄마는 일을 하니 혼자 놀라고 했던 복수를 이제 와서 하나! 있을 때 잘하란 말은 연인에게만 하는 게 아니었다.

우리는 정녕 서로에게 쿨하디 쿨한 관계였구나. 앞으로도 쭉 이렇게 살 것 같은 예감에 조금 섭섭했다. 그렇다고 관심을 가져달라고 애걸하기도 치사하고. 쿨한 인간처럼 굴기가 이래저래 쉽지 않다. 더 말하면 서러워 눈물이 나올 것 같고.

행 복 에
교 훈 이
어 디   있 나 요

독서실에서 공부한 릴리가 밤늦게 들어왔다. 릴리는 편의점에서 사 온 야식 보따리를 식탁에 펼쳤다. 플라스틱 케이스에 든 편의점 마카롱 세 개를 보니 갑자기 달달한 게 당겼다. 게다가 저 세 개를 다 먹었다간 릴리가 눈사람처럼 굴러다닐 것 같아서 딸을 지키는 엄마의 마음으로 하나 해치워주자 결심하고 같이 앉아 먹었다.

릴리는 학원 수업 전에 밖에서 담배를 피우고 들어오는 남학생들 이야기와, 그날 수업 중에 벌떡 일어난 어떤 남학생이 "간밤에 모기떼의 습격을 받아 지금 몸이 편치 않으니 집에 가야겠다"고 해서 선생님이 한숨을 쉬며 보내줬다는 이야기를 들려줬다. 한겨울에 모기떼의 습격이라니, 맙소사. 그 남학생이 나가자 다들 썩소를 지었다며 릴리가 깔깔거렸다. 나도 따라 웃으며 무심코 한마디 했다. 정확히 기억은 안 나지만 지극히 어른스럽고 재미없는 말이었다는 느낌만 남아 있다.

릴리는 먹던 마카롱을 내려놓고 정색을 하더니 말했다. "왜 엄마는 항상 하는 이야기마다 교훈을 끌어내려고 해?"

'앗! 내가 그랬단 말이야? 대체 내가 왜 그랬지?' 순간 망치로 머리를 한 대 맞은 것처럼 멍해지면서 말문이 막혔다가 간신히 궁색한 대답을 했다. "왜냐하면 네가 기왕이면 후회하지 않는 인생을 살길 바라니까 그렇지. 엄마는 지금까지 살면서 후회할 일이 참 많았거든." 대답을 해놓고도 한없이 민망해서 릴리의 눈을 피하며 입속에 든 마카롱만 열심히 녹였다. 마카롱은 눈치도 없이 살살 녹았다.

내가 어쩌다 보니 모든 이야기에서 교훈을 주고 싶어 하는 진부하고 재미없는 어른이 되어버렸구나. 그런 생각을 하다 보니 떠오르는 기억이 하나 있다. 릴리가 막 중학생이 되었을 때다. 영어 공부도 시킬 겸 좀 더 많은 대화를 나누고 싶어졌다. 그래서 매일 밤 자기 전에 영어 소설을 두 페이지씩 읽어주는 프로젝트를 시작했다. 여기서 포인트는 내가 릴리에게 읽어주는 것이 아니라 릴리가 나에게 읽어주는 것.

어렸을 때부터 낭독을 좋아하고 소질이 있었던 릴리는 엄마에게 읽어준다는 것에 흥미를 느끼며 선뜻 응했다. 성공리에 마치면 상을 주겠다고 했던 이유도 있었다. 대가도 없이 그런 일을 하겠다고 나서는 아이는 지구상에 없을 거라는 데 오백 원 건다.

원래는 릴리의 영어 공부를 도와주려는 목적에서 시작했지만, 결과적으로 내가 더 행복한 시간이었다. 우리는 영어 단어를 암기하거나 문법을 설명하는 등의 공부 비슷한 일은 절대 하지 않기로 합의했다. 읽어야 할 책은 내가 모르는 이야기 중에서 릴리가 고르기로 했다.

그렇게 선택한 것이 『윔피키드 다이어리』였다. 이 소설은 소년 그레그 헤플리가 중학교에 입학하면서 시작되는 학교생활과 지극히 평범하면서도 어떤 면에선 엽기적인 가족에 대한 이야기로, 굉장히 현실적이면서 웃기고 황당하다. '해리 포터' 시리즈보다 더 많이 팔렸다는 이 초대형 베스트셀러를 단순한 아이들 이야기로만 알고 있었는데, 듣다 보니 막장도 이런 막장이 없었다. 이른바 미국 스쿨판 개막장이라고 해야 하나.

아무튼 이야기가 너무 재미있어서 밤마다 릴리가 약속한 두 페이지를 넘어 더 읽어달라고 조르는 지경에 이르렀다. 그럴 때면 릴리는 살짝 귀찮은 눈치였지만(뭔가 관계가 역전된 느낌이다) 본인도 오랜만에 다시 보니 새롭다면서 밤마다 낭랑한 목소리로 읽어주었다.

그 이야기에서 그레그의 인생을 진창에 빠뜨리는 식구(사실 식구들이 다 그렇지만) 중 하나가 바로 엄마 수잔이었다. 그녀는 의도는 좋으나(같은 엄마 입장에서 십분 이해합니다, 수잔 여사!) 그레그의 사회적 입장과 처지를 전혀 고려하지 않아서 그를 창피하거나 곤혹스럽게 만든다.

이를테면 수영 레슨이 있는 날, 그레그를 데려다주면서 친구들에게 "얘들아, 오늘이 그레그의 생일이야. 모두 축하해주렴"이라고 말해서 생일빵을 맞게 만드는 식이다. 수잔은 아이들이 다 착하고 남을 위할 것이라는 순진한 착각에 사로잡혀 있는 어른이다(물론 나도 그랬다).

결정적으로 수잔은 세 아들을 올바르게 키우겠다는 야심 때문에 아이들이 저지른 사건 사고마다 얼토당토않은 교훈을 끌어내려 애를 쓴다. 그걸 보면서 저런 센스 없는 어른이라니, 라고 비웃으며 혀를 찼는데. 어느새 내가 수장이 됐다. 맙소사!

내가 왜 그렇게 교훈 찾기에 집착하는 지루한 어른이 됐을까. 생각해보니 무슨 일에든 의미를 찾고 싶은 마음이 범인인 것 같다. 쇼핑에서만 가성비를 찾는 게 아니라 인생에서도 가성비를 찾고 싶은 마음. 무슨 일을 하든 의미나 이익이 없으면 가치도 없다는 생각이 있는 것이다. 내 인생이야 어쩔 수 없지만, 내 속에서 나온 릴리는 나를 교훈 삼아 내가 한 무수한 삽질들을 피해 깔끔하고 효율적으로 척척 나아가길 바라는 생각이 뿌리내리고 있는 것이다.

허나 릴리가 나의 새롭고 더 나은 버전이 아니듯, 릴리의 인생 역시 내 인생의 새롭고 더 나은 버전이 될 수 없다. 릴리에겐 릴리만의 인생이 있다. 릴리만이 해보고 싶고, 할 수밖에 없는 나름의 삽질이 있다. 그런 무수한 삽질을 통해 고유한 자기만의 삶을 이뤄가고 있는데, 릴리의 독자적인 권리를 무시하고, 먼저 살아봤다는 이유로 훈계질 하려 했던 것을 떠올리면 얼굴이 화끈거린다. 앞으로 훈계질은 그만이다. 물론 릴리는 아직도 내가 멀었다고 생각하겠지만.

엄 마 가
" 예 스 "라 고
말 해 주 면

십 년 전 릴리를 데리고 떠났던 영국 유학을 마치고 다시 한국으로 돌아올 때, 그냥 귀국하기 아쉬운 마음에 파리와 로마, 이스탄불을 여행했다. 영국에서 파리는 기차로, 로마와 이스탄불은 저가항공기를 타면 금방 갈 수 있다. 아무래도 한국에 돌아가면 다시유럽에 가보기가 쉽지 않을 테니 마지막으로 그동안 가보고 싶었던 곳들을 다 들러보자는 심산이었다.

그렇게 파리와 로마를 거쳐 이스탄불의 호텔 방에 트렁크를 내려놓았을 때 맥이 탁 풀리면서 나도 모르게 눈물이 났다. '내가 정말 여기에 왔구나' 싶었다.

눈물에는 그럴 만한 이유가 있었다. 릴리가 갓난아기 때 한동안 엄마가 우리 집에 와서 릴리를 봐주셨다. 내가 '마지막'이라는 필사적인 심정으로 통역대학원 시험에 한 번 더 도전할 때였다. 엄마는 갓난아기를 업고 공부하는 딸의 모습이 안타까워, 하던 일도 때려치우고 오셨다.

그때 같이 일하던 가게 사장님이 엄마를 간곡하게 말리셨다고 한다. 시집보낸 거, 이제 딸 인생은 딸이 알아서 하게 두라고. 힘 있을 때 몇 년이라도 더 일해서 본인 노후 대비나 하시라고. 구구절절 맞는 말이었지만 엄마는 육아에 지쳐 우울한 표정을 하고 있는 큰딸을 외면할 수 없었다.

엄마와 함께 살던 그 어느 날 햇볕에 바삭바삭하게 마른 천 기저귀와 내복 같은 옷가지들을 걷어서 안방으로 갖고 왔더니, 엄마가 텔레비전을 보고 있었다. 세계여행 프로그램의 터키 편이었다. 지금 봐도 비현실적인 새파란 바다, 모스크의 하얗고 동그란 지붕들, 이스탄불 거리를 우아하게 사뿐사뿐 걸어 다니는 고양이들이 나오는 장면을 같이 보다가 무심코 나도 가보고 싶다는 말이 나왔다. 엄마가 텔레비전에서 얼굴을 돌려 잠시 내 얼굴을 찬찬히 보더니 말했다.

"가고 싶으면 가면 되지."

나도 모르게 웃음이 나왔다. 종이 기저귀조차 마음 편히 사지 못할 정도로 형편이 쪼들려서 엄마가 시장에서 끊어 온 천으로 기저귀를 만들어 쓰던 때였다. 게다가 릴리 아빠는 원체 여행을 좋아하지 않아서 첫 해외여행이 나와의 신혼여행이었던 사람이다. 아무튼 우리 형편에 유럽여행이란 터무니없는 사치이자 허세였다. 무엇보다 갓난아기인 릴리를 데리고 어딜 간단 말인가?

나는 아무리 생각해도 말도 안 되는 이야기를 하는 엄마를 이해할 수 없었다. 엄마는 다시 텔레비전으로 얼굴을 돌리며 아무렇지 않게 말했다.

"가고 싶다고 생각하면 갈 수 있다. 가겠다고 생각하면 언젠가는 가게 돼 있어."

그러고 나서 엄마의 그 말도, 터키도 잊어버렸다. 언젠가 꼭 가고야 말겠다고 버킷리스트에 적어놓을 만큼 간절히 좋아하는 곳도 아니었으니. 그런데 알 수 없는 운명은 마흔 무렵 나를 영국 대학원으로 이끌었다. 그것도 릴리와 함께. 그리고 영국에서 귀국하기 전 가보고 싶은 나라들을 고르다 오래전 엄마의 말이 떠올랐다. '가겠다고 생각하면 언젠가는 가게 돼 있어.'

운명처럼 이끌린 터키에서 텔레비전으로만 보던 이스탄불 거리를 릴리와 함께 걸었다. 정말 고양이가 차고 넘칠 정도로 많았는데 사람들에게 스스럼없이 먼저 다가오는 모습이 굉장히 사랑스러웠다. 어린 릴리는 호텔 조식 뷔페에 나온 소시지들을 몰래 냅킨에 싸 가지고 나와서 마주치는 고양이들에게 나눠주며 즐거워했다. 이스탄불 사람들은 정서가 한국과 비슷해서 지나가는 릴리를 귀엽다며 불러 세우고는, 쫄깃쫄깃하고 달콤하기로 유명한 터키 아이스크림을 공짜로 한 주걱 퍼주거나 달달한 과자를 주곤 했다.

아름다운 경치 덕분에 세계 3대 스타벅스 중 하나로 꼽히는, 바다 바로 앞 이스탄불 스타벅스의 야외 테라스에 앉아 커피를 마시며 나는 엄마를 생각하고, 엄마의 마음을 생각했다. 도무지 출구라고는 없어 보이는 인생에 갇힌 듯한 딸의 울적한 얼굴을 보며 엄마는 얼마나 힘들었을까?

아마도 엄마는 아들처럼 믿고 의지한 딸에게 희망을 주고 싶어서 '힘내라'는 말을 그렇게 돌려 전했을 것이다. 가고 싶은 곳은 갈 수 있고, 하고 싶은 일은 할 수 있는 인생을 살라고 하고 싶었던 것일까. 엄마의 보이지 않는 격려에 힘입어 여기까지 왔구나, 생각하니 다시 뭉클해졌다.

세월은 흐르고 또 흘러 이제는 내가 릴리에게 그런 마음을 보여줄 차례가 돌아왔다. 몇 해 전 릴리가 한국 입시를 포기하고 일본 유학 준비를 시작했을 때였다. 어느 날 같은 아파트 단지에 사는 릴리 친구 A의 엄마와 우연히 마주쳤다. 그이는 날 보고 인사를 하더니 느닷없이 말했다. "릴리가 일본 유학 준비를 시작했다면서요? 릴리 엄마는 참 대단하세요."

내가 미처 대꾸도 못 한 사이에 그녀는 평소처럼 속사포를 쏘듯 말했다. "릴리 하나 키우시면서 그렇게 먼 외국까지 보낼 생각을 다 하시고. 난 아이가 셋이어도 A는 아무 데도 못 보내겠던데. 거기다 또 일본은 주택 사정이 엄청 열악하다면서요. 집세도 비싼데 방은 콧구멍만 한 곳에 어떻게 딸을 보내요?"

연타로 날아오는 질문에 멍해진 나는, 그녀를 별로 좋아하지 않았다는 기억을 뒤늦게 떠올렸다. 그녀가 딸인 A를 스토킹하듯 하루에 열 번도 넘게 문자를 보낸다는 이야기도.

할 말을 다 하고 후련한 표정으로 날 쳐다보는 A의 엄마에게 더듬더듬 대꾸했다. "릴리가 가고 싶어 해서요." 그녀는 알 듯 모를 듯 오묘한 미소를 지으며 "잘됐으면 좋겠다"는 영혼 없는 멘트를 날리고 갔다. 그녀의 등에 대고 나는 무음으로 대꾸했다. '당신

은 절대로 딸을 그런 곳에, 먼 곳에, 외국에 보낼 수 없겠죠.'

　너무 사랑해서, 믿지 못해서, 혹은 걱정된 나머지 멀리 보내지 않으려 하는 경우가 종종 있으니까. 너무도 사랑한 나머지 혹시라도 안 좋은 일이 생길까 항상 두렵고 무서운 존재가 자식이니까. 허나 마음껏 날개를 펼치고 날아갈 수 있게 둥지를 열어주는 것 역시 사랑하는 이들의 몫이다. 나는 그런 마음을 오래전에 엄마에게 배웠다. 보내는 마음이 이토록 쓰라릴 줄은 미처 몰랐지만….

네 가
부 러 울
때

어느 날 초저녁 어스름이 깃들 무렵, 나는 한참 번역을 하고 릴리는 숙제에 빠져 있는데 갑자기 탁 소리가 나더니 온 집 안의 전기가 나가버렸다. 작업하고 있던 컴퓨터도, 전등도, 스탠드도 모조리 다. 숙제하고 있던 릴리 방도 어두워졌다. 불을 꺼도 아직까지 사위가 훤했지만 숙제나 번역 작업을 하긴 힘들 것 같았다. 창밖을 보니 아파트 전체가 순식간에 어두워졌다. 다시 전기가 들어오려면 몇 시간은 걸릴 것 같았다. 나는 작업이 급했고, 릴리는 숙제가 급했다. 우리는 노트북과 숙제를 챙겨 동네 카페로 피신했다.

노트북을 켜고 다시 작업을 시작했다가 일본어 숙제를 하고 있는 릴리를 무심코 봤다. 릴리는 초등학교 5학년 때부터 일본 만화에 빠져들었다. 더 정확히 말하면 〈원피스〉의 늪에 빠져 허우적거렸다. 늪에 빠진 아이를 보다 못해 일본어 학습지를 시켰다. 어차피 빠져 살 거, 기왕이면 공부가 되는 쪽으로 계발해보라는 엄마식 계산기를 두드린 것이다. 릴리는 항상 잘한다, 잘한다, 칭찬만 해주시는 선생님 덕에 싫증 내지 않고 몇 년 동안 일본어 학습지 숙제를 해왔다.

그런 릴리는 일어를 하나도 모르는 내가 듣기에도 제법 유창하게 일어를 구사하며 빠른 속도로 숙제를 해치우고 있었다. 잠시 그 모습을 지켜보다 말했다. "이제 너 삼 개 국어 하네." 영어도, 일어도 불편하지 않을 정도로 구사하는 딸이 기특해서 칭찬해주고 싶었다.

릴리는 우쭐해하는 표정으로 날 보더니 뜻밖의 말을 했다.

"응, 그런데 나 불어도 배우고 싶어."

"갑자기 불어는 왜?"

"멋있잖아."

"불어가 근사하긴 하지. 불어는 문법구조와 어휘가 영어와 비슷하니까 배우기 쉬울 거야."

"그래? 지금은 시간이 없으니까 대학교 가면 배워야지."

나도 나름 언어에 자신이 있고 고등학교 때 배운 제2 외국어로 불어를 꽤 하기도 했지만, 대학교에서 불어를 배우는 릴리를 상상해보니 기특함을 넘어서 살짝 부러움이 느껴졌다. 질투라고 할 만큼 강한 감정은 아니지만 자식에게 느끼기엔 뭔가 조금 계면쩍고 웃기면서도, 한편으로 부인할 수 없는 이 마음은 뭘까. 평생 언어를 다루며 살아와서 더 미묘하게 부러운 걸까.

내 속에서 나온 아이지만 나와 다른 면을 발견하게 될 때 느끼는 신기하거나 기쁜 감정과는 결이 조금 달랐다. 가난 때문에 항상 위축되고 소심했던, 뭔가를 꿈꾸면 돈부터 생각하고 고민하다 마음을 접어야 했던 나와 달리, 자신이 원하는 걸 발견하면 일단 멈춰 서서 시도해볼 여유와 가능성이 있는 릴리의 상황이 부러웠는지도 모르겠다. 그래서 그런 가능성의 기회를 탕진하는 모습을 보면 불같이 화가 나기도 했다. 이제 스스로 그런 가능성을 하나씩 찾아서 움켜쥐는 모습을 보니, 부모로서 대견한 동시에 얼핏 부러운 마음이 들었을지도 모르겠다.

자식이 원하는 건 이 한 몸 부서지는 한이 있더라도 밀어주지 못할망정 부러워하다니. 이런 감정은 지극히 이기적인 것일까.

리베카 솔닛의 『멀고도 가까운』이란 책을 읽으며 나만 그런 게 아님을 알고 안도한 적이 있다. 솔닛의 엄마는 자기 딸의 금발 머리와 큰 키를 질투한다. 아들들은 사랑하고 숭배하지만 딸은 언제나 자신을 보살펴야 할 대상으로 여기며 구박하고, 자신이 보는 못난 모습의 딸이 진짜 딸의 모습이라고 강요한다. 그것이 딸의 실제 모습과는 굉장히 멀었는데도. 작가는 어머니가 그렇게 된 이유를 설명하는 짧은 일화를 통해 독자의 이해를 돕지만, 그렇다고 딸에게만 유독 박정하게 대하는 엄마가 다 이해되진 않았다.

저 멀리 사는 외국 작가에게만 이런 일이 일어나는 건 아니다. 부자로 여유롭게 사는 딸을 질투하는 자기 엄마에 대해 이야기해준 친구도 있었다. 그렇다, 엄마도 딸을 부러워하거나 질투할 수 있다고 생각한다. 우리가 자연스럽게 느끼는 감정 자체를 옳다 그르다 할 수는 없다. 그 감정에 따른 행동에 대해서는 판단의 잣대를 들이댈 순 있어도.

딸에게 이런 감정을 느끼는 내 모습에 당혹스럽다가 문득 엄마가 떠올랐다. 엄마를 보면 나처럼 제대로 교육을 받았더라면 나보다 백배 더 대단하고 엄청난 사람이 됐을 거라는 아쉬운 마음이 든다. 성실과 끈기는 기본이고, 모자란 학력은 대부분 독학으로 해결한 엄마. 처녀 적에는 공장에 다니고, 결혼해서는 화장품 대리점을 하다가 백화점으로 넘어가 장사를 했다. 그 후엔 사무직 노동도, 청소 노동도 했다. 엄마는 언제나 맡은 일 이상을 해냈다. 그렇게 뼈가 녹도록 일해서 키운 두 딸이 대학에 가고, 외국을 다니는 모습을 보며 가끔 부럽다고 생각한 적이 없었을까? 물론 엄마도 그런 마음을 비친 적은 없었다. 내가 릴리에게 부러운 마음을 내색하지 않는 것처럼.

리베카 솔닛은 시대적 한계 때문에 미처 만개하지 못한 자신의 지난날에 대한 한탄과 좌절, 분노를 직조해 딸을 얽어맨, 거미줄 같은 엄마의 이야기에서 벗어나 자기만의 이야기를 썼다. 그러나 엄마와 나, 릴리 이렇게 삼 대를 걸쳐 내려온 우리의 이야기는 솔닛처럼 끊어진 이야기가 아니라 끝없이 이어지는 이야기다.

시작은 지극히 열악하고 서글펐지만, 글을 쓰고 싶었던 당신의 꿈을 나를 통해 대신 실현한 우리 엄마. 그걸 이어받아 엄마보다 더 밝고 넓은 세계로 뻗어가는 이야기를 쓰고 있는 나. 할머니와 엄마의 이야기를 이어받았지만 동시에 자신의 목소리로 힘찬 이야기를 주장하기 시작한 릴리. 우리의 이야기가 세대를 바꿔가는 동안, 릴리는 나와 할머니의 이야기를 거슬러 올라가며 삶을 살아가는 끈기와 성실 그리고 힘없는 인간에 대한 연민을 배워왔다.

백설공주의 마녀는 계모가 아니며, 백설공주를 괴롭히는 이유 또한 자신의 화려한 미모를 물려받아 아름답게 피어나는 딸에 대한 친모의 질투심이란 해석도 있다. 하지만 릴리에 대한 나의 부러움은 주위 상황을 걱정하지 않고 자신의 잠재력을 마음껏 꽃피울 수 있는 아이에 대한 솔직한 감정이다. 또한 더 크고 활짝 피어날 수 있도록 해주고 싶다는 마음으로 변화되는 애정이기도 하다.

그래서 서로를 향한 모녀의 마음은 복잡할 수밖에 없고, 얽히고설킨 모녀의 이야기는 "나는 엄마처럼 살지 않을 거야"라는 말 한마디로 간단히 정리될 수 없을 것이다. 아마도 엄마가 '엄마처럼' 살았기 때문에 지금의 내가 있겠지. 그런 내 뒤에 엄마가 아닌, 자기 이야기를 쓰겠다는 의지가 강한 릴리가 그만의 이야기를 시작했다. 우리의 이야기는 계속 이어지는 중이다.

그 녀 가
열 광 하 는
숙 주 무 침

나른한 일요일 오후, 갑자기 재미있는 소설이 읽고 싶어졌다. 영어 소설을 번역해서 먹고살지만 아무 생각 없이 휙휙 넘어가는 소설을 읽고 싶을 땐 습관적으로 일본 소설을 찾게 된다. 아무래도 다른 번역가들이 작업한 영어 소설을 읽다 보면 직업의식이 발동해서 '원문을 이런 식으로 옮겼단 말이지?'라며 혼자 감탄하기도 하고, 미처 생각 못 했던 근사한 표현이 나오면 참고하려고 노트와 펜을 찾다가 독서 리듬이 깨지는 경우가 왕왕 있다.

그러다 보니 이것저것 따지지 않고 머리를 비우고 싶을 땐 일본 소설에 손이 간다. 무엇보다 영미권과 달리 뭐랄까, 같은 쌀밥 문화권에서만 느낄 수 있는, 쉽게 공감되는 정서와 분위기가 있다. 히가시노 게이고의 최근 신작 『녹나무의 파수꾼』을 집은 이유를 이렇게나 길게 쓰다니, 역시 나는 본투비 수다쟁이?

일본 소설의 특징은(애니메이션도 그렇지만) 감히 독자의 섣부른 상상력은 용납하지 않겠다는 결기를 보이는 것처럼 제목이 기발하고 독특하다는 점이다. 이 제목 역시 보자마자 '이건 뭐지?' 하는 느낌이 들었다. 『녹나무의 파수꾼』이라니, 파수꾼을 두면서까지 지켜야 하는 나무의 비밀은 뭘까? 어떤 신묘한 나무일까? 이런 상상을 하며 책을 읽다 중간쯤에서 뜻밖의 위로를 받았다.

주인공인 청년 레이토는 사고를 치는 바람에 그 전까지는 세상에 존재하는지도 몰랐던 이모 시후네를 만난다. 레이토는 사생아다. 긴자 클럽에서 일하던 레이토 엄마는 어느 손님과 좋아지내다 레이토를 낳는다. 그러다 안타깝게도 병에 걸려 일찍 세상을 떠나고, 사정이 있어 연을 끊었던 언니 시후네가 장성해서 만난 조카 레이토를 거두게 된다.

시후네는 가까이 있지 않았기에 잘 몰랐던 동생을 궁금해한다. 요리는 잘했는지, 된장국이나 주먹밥처럼 엄마의 맛을 느끼는 음식이 있는지 레이토에게 물어본다.

레이토는 요리와는 담을 쌓고 지냈던 엄마를 회상하다 문득 컵

야키소바를 떠올린다. 밤늦게까지 가게에서 일하고 돌아온 엄마
는 컵 야키소바를 좋아했는지 그걸 집에 쌓아놓고 밤마다 하나씩
끓여 먹었다. 부엌 옆방에서 자던 어린 레이토가 주전자 물 끓는
소리에 깨서 나가면 엄마는 더 자라면서도 야키소바를 먹여줬는
데, 그렇게 맛있을 수가 없었다.

시후네는 좋은 이야기를 들려줘서 고맙다며 이렇게 말한다.
"그런 엄마의 맛도 있구나." 나도 똑같이 말하고 싶었다. 좋은 이
야기네. 그런 엄마의 맛도 있지.

레이토 엄마에게 동병상련이 느껴졌다. 아이를 키우면서 일하
느라 바쁜 나머지, 릴리가 '엄마의 맛'이라고 부를 만큼 맛있고 정
성스러운 음식을 많이 만들어주지 못했다. 항상 마음 한구석에 미
안함이 있다.

변명해보자면 나도 한때는 요리를 좋아하고 꽤 잘했던 적도 있
었다. 신혼 초에는 요리 초보 특유의 야심을 불태우며 요리책에
나오는 예쁘고 독특해 보이는 요리에 매일 도전했다.

그러나 쌀밥과 찌개 그리고 자신이 아는 반찬이 한두 가지 올
라오면 그걸로 족하다고 생각하는 릴리 아빠는 매일 저녁 식탁에
올라오는 기기묘묘한 요리를 참고 먹다가, 나흘째 되는 날 카레가

루를 입힌 고등어 튀김을 보고 폭발했다. "고등어는 그냥 소금 뿌려 구워 먹는 게 최고라고. 제발 이상한 음식 좀 하지 마!"

그 말에 상처받은 후 다시는 요리책을 열어보지 않았다. 릴리와 둘이 살게 된 후로는 더더욱 새로운 요리를 시도해보거나, 음식 하나 하는 데 몇 시간씩 정성을 들일 여유가 없었다. 그럴 시간에 한 글자라도 더 번역해서 돈을 벌어야 할 정도로 사는 게 절박했으니까.

다행히 릴리는 어렸을 때부터 식성이 좋아서 내가 해주는 음식들을 별 불평 없이 잘 먹었다. 이 주에 한 번 정도는 미역국을 좋아하는 릴리를 위해 동네 정육점에서 국거리 쇠고기를 반 근씩 끊어 코발트색 르크루제 무쇠솥에 넣었다. 물에 불려 꼭꼭 짠 미역과 같이 참기름을 두른 후 달달 볶다가 물을 붓고 오래오래 끓였다. 미역국은 끓이면 끓일수록 그립고 다정한 맛이 났고, 학교 끝나고 돌아온 릴리는 현관에서 미역국 냄새를 맡으면 순식간에 얼굴이 환해지곤 했다. 그렇게 미역국도 끓이고, 배추된장국도 끓이고, 릴리가 환장하는 달걀말이도 하고, 조금 더 시간이 나면 릴리가 몹시도 애정하는 숙주무침도 했다.

그러나 거기까지였다. 우리의 식탁엔 대체로 마트에서 사서 볶은 양념고기나 구운 삼겹살이 올라왔고, 시간이 별로 없을 때는 달걀볶음밥 정도로 끼니를 때우는 게 다반사였다. 항상 아침잠이 모자라는 릴리는 아침밥을 거르고 학교에 뛰어가기 일쑤였다. 저녁은 학원과 독서실을 오가면서 근처 식당에서 사 먹거나 편의점에서 삼각김밥이나 빵, 과자로 대충 때웠다. 밤늦게 파김치가 돼서 오면 편의점에서 사 온 불닭볶음면이나 아이스크림, 마카롱 같은 달달하고 자극적인 먹을거리에서 위로를 찾았다.

돈을 번답시고 아이에게 제대로 된 끼니도 못 챙겨주게 만드는 '생활'이란 놈이 징그럽고 지긋지긋했지만 답이 없었다. 나에겐 돈도 벌고 모두의 로망인 '집밥'도 거뜬하게 차릴 수 있는 체력도, 시간도 없었다.

그러다 보니 SNS에서 살림하는 엄마들이 아이들에게, 가족에게 해줬다는 정성스럽고 맛깔나 보이는 음식이나 손수 만든 예쁜 디저트 사진이 올라오면 선뜻 '좋아요'가 눌러지지 않았다. 그걸 보면 어쩐지 부럽고, 질투가 났다. 그런 음식을 먹는 아이들과 비교해 릴리는 그냥 막 키우는 아이 같아 한없이 미안해졌다. 나도 저들처럼 시간도 있고, 돈도 있으면 맛있고 예쁜 음식으로 식탁을 채울 수 있을 텐데. 옹졸하고 미운 생각이지만 어쩔 수 없이 그럴 때가 있었다.

그러다가 엄마와 밤중에 먹은 컵 야키소바가 맛있었다는 레이토의 말을 읽었다. 엄마의 맛이라고 해서 꼭 거창한 음식이 아니어도 되는구나. 뭐든 엄마랑 같이 먹고 즐겁고 좋았다면, 그게 엄마의 맛이겠군. 물론 이런 내 말을 들으면 릴리는 "안이하다"라고 하며 일침을 놓을지도 모르지만.

이런 생각이 들면 모처럼 따끈하게 밥을 짓고, 알배기 배추를 사다가 된장을 넣어 푹푹 끓이고, 숙주도 데쳐다가 삼삼하게 무쳐야겠다는 결심이 생긴다. 냉장고에서 굴러다니는 양념고기도 구워 같이 식탁에 놓아야지. 릴리가 설거지하다 깨먹어서 이것저것 짝이 맞지 않는 것투성이인 알록달록한 접시들을 늘어놓고, 식탁 한편에 쌓여 있는 신문과 책 더미는 치우고, 릴리가 꼽는 엄마의 음식은 무언지 물어봐야지. 이렇게까지 내가 애를 쓰고 있는데, 설마 우리의 단골 배달 메뉴인 허니콤보 치킨이라고 하지는 않겠지?

서 울 의
차 밍 스 쿨

대학에 입학해서 '나는 아무것도 모르는 어리바리 풋내기요'라는 꼬리표를 달고 다니던 시절 이야기다. 그때 엄마는 인생에서 유일하게 찾아온 리즈 시절을 마음껏 향유하고 있었다. 외삼촌은 일하시던 대서소에 일감이 물밀듯 밀려들자 여동생인 엄마에게 도움을 청했다. 평생 화장품과 속옷 장사를 하다 접고 '또 뭘 해서 두 딸을 먹여 살리나' 고민하던 엄마는 삼촌의 사무실에 나가서 일을 배우기 시작했다.

과연 잘할 수 있을지 염려하던 삼촌의 걱정이 무색하게 엄마는 일사천리로 일을 배웠다. 늙수그레한 남자들만 가득했던 사무실에 비교적 젊고(맙소사, 지금 생각해보니 그때 엄마가 지금 나보다 젊었

다) 예쁜 사람이 매일 출근하니 사무실 분위기도 환해졌다고 엄마는 회상했다.

엄마는 난생 처음 해보는 사무직이 적성에 맞았다. 월급도 듬뿍 받아서 내게 학비와 생활비를 보냈고, 당신 생활비를 쓰고도 여유가 생겨 원하던 옷을 사고 미용실에서 머리도 했다. 가끔은 손톱 관리를 받을 정도의 풍요로움도 누리게 됐다. 엄마가 남에게 손톱 관리를 받는 모습을 본 건 그때가 처음이자 마지막이었다. 그러던 어느 날 엄마는 문득 서울로 대학을 보낸 장녀가 떠올랐다고 한다.

빠듯한 형편 때문에 티셔츠 한 장, 바지 하나 제대로 사 입히지 못하고 서울로 보낸 딸이 걱정된 것이다. 무엇보다 서울 멋쟁이들 틈에서 주눅이 들었을(그건 사실이었다) 딸 생각에 애가 탄 엄마는 느닷없이 내 통장으로 사십만 원을 보내고 전화를 했다. "돈 좀 보냈어. 그걸 가지고 차밍스쿨 좀 다녀봐." 사십만 원이면 당시 내 한 달 생활비였다. 나는 어안이 벙벙했다.

"갑자기 무슨 차밍스쿨? 그게 뭔데?"

"넌 그것도 몰라? 차밍스쿨이라고, 모델들이 다니는 데가 있대. 가면 걸음걸이부터 교정해주고, 화장이랑 옷 입는 법도 가르쳐준

다더라. 거기 가서 촌티 좀 쫙 빼고 서울 물 좀 들여봐."

"음… 그 차밍스쿨이란 게 어디 있는데?"

"어디긴 어디니? 명동에 있겠지. 원래 서울 멋쟁이들은 다 명동에 있어."

서울에서 속옷을 비롯한 각종 옷가지를 떼다가 시골 백화점에서 팔던 엄마는 같이 장사하는 사람들에게서, 몇 달에 한 번씩 물건을 떼러 가는 동대문과 남대문 시장에서, 명동 이야기와 차밍스쿨 이야기를 들었을 것이다. 내가 촌티가 줄줄 흐르는 것도 사실이고, 하루빨리 서울 물이 들고 싶은 마음도 있었기에 엄마의 제안을 수락했다.

그러나 집에서 걸어서 넉넉잡고 이십 분이면 번화가와 초중고, 성당이 다 나오는 소도시에 살다가, 서울에 와서 버스와 지하철을 한 시간 반씩 타고 통학하느라 멀미에 시달리던 때였다. 그러니 명동에 가서 어디에 박혀 있는지도 모를 차밍스쿨을 찾아낸다는 건 솔직히 미션 임파서블이었다.

거기에다 엄마가 전화로 알려준 내용과 다른 사람들에게 들은 정보를 취합하면, 차밍스쿨은 모델 지망생들이(그러니까 키가 엄청 크고 마른 몸매의 여자들) 다니는 곳이라고 했다. 그런데 키도 어중간하고 몸매는 굉장히 푸근하며 '이제 막 촌에서 상경했어'라는 표지판을 들고 다닐 것 같은 내가 거길 찾아가는 광경은, 어떤 각도에서 상상해도 악몽이었다.

나는 엄마에게 차밍스쿨에 다닌다는 거짓말을 하고 그 돈으로 괜찮아 보이는 티셔츠와 블라우스를 한 장씩 샀다. 그리고 나머지는 과 친구들과 술을 먹는 데 다 썼다(이제야 고백해서 미안). 방학 때 집에 내려가자 차밍스쿨에 다닌 것 치고 별로 변한 게 없어 보인다는 엄마 말에 순간 뜨끔했지만 그럭저럭 둘러대서 위기를 넘겼다.

그때 사십만 원을 들고 차밍스쿨을 찾아갔더라면 어떻게 됐을까? 물론 모델이 될 가능성은 전혀 없었겠지만 엄마 소원대로 촌티는 벗을 수 있었을까? 당시 드라마에 종종 나오던, 모델 사관학교의 마녀 같은 선생님의 지도를 받아 제대로 걷는 법, 화장하는 법, 옷 입는 법을 배워서 외모에 대한 오랜 열등감을 극복할 수 있는 치트키를 찾아냈을까?

그랬을 리 없다. 차밍스쿨은 나와 전혀 상관없는 세계고, 애초에 시도조차 하지 않았을 거니까.

그 후로 내 인생에 차밍스쿨 같은 기회가 몇 번 있었다. 교환학생 프로그램, 극단에 들어오라는 권유, 언어 특기자 외교공무원 전형(그 후로 없어졌다)과 같은 기회들이 잠깐 나를 스치고 지나갔다. 내가 그 기회를 잡지 못한 이유들은 많고도 많았다. 교환학생 프로그램에 신청할 학점이 안 돼서, 나 따위가 무슨 연기냐는 포기, 시험 경쟁률이 얼마나 빡세겠냐는 앞선 걱정. 이 모든 것들이 거대한 담을 치고 번번이 나를 막아섰다. 지나고 나서 보니 그것은 나의 두려움, 소심함, 자신의 잠재력을 보려 하지 않았던 내가 스스로 세운 벽이었다.

어느 날 릴리가 학원 교재를 인터넷으로 주문해달라고 해서 '일본 유학 준비'를 검색해보았다. 와르르 쏟아진 링크들 중에 국비 장학생 프로그램이 보였다. 호기심이 일어서 들어가니, 마침 서울 강남에서 그 주 주말에 프로그램 설명회를 연다는 학원이 보였다. 꼼꼼하게 읽어보고 학원에 전화해 나와 릴리의 자리를 예약했다. 그리고 밤에 돌아온 릴리에게 들뜬 목소리로 내가 벌인 일을 보고했다. 릴리의 반응은 실망스러울 정도로 시큰둥했다.

"그 프로그램 나도 알아. 그런데 거기 합격하려면 점수가 어마어마하게 높아야 해. 그리고 공부하는 과목들도 내가 지금 하는 거랑 많이 다르고. 이건 완전 넘사벽이야, 포기해."

하루 종일 머릿속에서 행복 회로를 돌리고 있던(합격하면 대학교를 공짜로 다닐 수 있다!) 나는 릴리의 반응에 무참해졌다. 그래서 물어봤다.

"그걸 준비하는 거 자체가 싫어? 아니면 학원비가 많이 들까 봐 걱정돼서 그러는 거야?"

"학원비보다도 내가 거길 갈 수준이 되겠어?"

"그건 너도 모르잖아? 넌 시험 요강도 구체적으로 모르면서 무작정 안 된다고 생각하고 있잖아. 그러지 말고 엄마랑 일단 한번 가보자. 제대로 부딪쳐보고 판단해도 늦지 않아. 사람 일이란 모르는 법이야."

그렇게 말하자 릴리도 마음이 조금 움직이는 눈치였다. 며칠 뒤에 우리 모녀는 지하철을 타고 하염없이 갔다. 경기도 일산에서 서울 강남은 얼마나 먼지, 가고 또 가도 도착하지 않았다. 평소의 급한 내 성격 같으면 그냥 중간에 내리고 싶었으나, 내 인생이 아니라 딸 인생이 걸린 문제라고 생각해서 참고 끝까지 갔다. 에너지 충전을 위해 흑설탕이 듬뿍 든 버블티를 하나씩 들고 탄 건 신의 한수였다.

문제의 학원에 도착해 꼬박 세 시간 동안 설명회를 처음부터

끝까지 다 들었다. 시간이 갈수록 릴리는 점점 더 관심을 보였고, 설명회가 끝나자 내가 시키지도 않았는데 강사를 쫓아가서 궁금했던 점들을 물어보기도 했다.

그렇게 세 시간 동안 빡센 경청에 지친 우리 모녀는 핸드폰으로 근처에 있는 유명한 맛집들을 검색해본 후 으리으리한 이탈리안 레스토랑에 들어가 피자와 파스타를 시켜 먹었다.

"오늘 어땠어?"

"좋았어. 절대 안 될 줄 알았는데 해보면 될 것 같기도 해. 물론 굉장히 힘들겠지만. 거기서 하는 프로그램들도 흥미로운 게 많고."

"그렇지? 안 된다고 미리 포기하기 전에 먼저 알아보는 게 순서야. 세상은 네가 아는 게 전부가 아니야."

더 이상 말하다가는 또 훈수쟁이라고 혼날까 무서워서 그쯤에서 접었다. 대신 우리가 또 언제 강남에 와보겠냐는 촌스런 소리를 하며 왜 그렇게 비싼지 모를 피자와 스파게티를 먹고, 또다시 전철을 아주 오랫동안 타고 집에 돌아왔다. 돌아오는 길도 똑같이 어찌나 멀던지…. 좋은 학원들은 왜 다 강남에만 있는 걸까, 그 미스터리를 생각하며 집으로 또 집으로 향했다.

강남 집값이 괜히 높은 게 아니라는 떫은 생각을 하면서도, 릴리가 이 경험을 잊지 말았으면 좋겠다고 생각했다. 기회가 주어졌을 때 지레 겁먹거나 포기하지 말고 먼저 손을 뻗어봐야 인생이 달라진다는 걸 알았으면. 우리의 앞길을 막는 거대해 보이는 장애물들이 사실은 대부분 우리 마음속에서 태어난 것임을.

그런
일이
하나쯤 있지

몇 년 만에 선배 A와 만났다. A는 오래전 이민 가서 갖은 고생 끝에 사업에 성공했지만 몸이 무너진 상태였다. 게다가 사업과 가정 모두 문제가 생겨 잠시 한국에 들어왔다. 나와 마주 앉은 A는 밤잠을 이루지 못하는 우울과 불안을 호소했다. 나는 묵묵히 듣다가 슬며시 한마디 했다. "글을 한번 써봐요, 선배."

A는 난색을 표했다. 학교 졸업한 후로 장부 정리 때 말고는 펜을 잡은 적이 없고 노안까지 온 마당이다. 글은 아무나 쓰냐, 팔자 좋은 소리 한다는 눈빛으로 나를 봤다. 그래도 나는 물러서지 않고 말했다. "그냥 한번 써봐요. 누군 처음부터 대단한 걸 쓰나. 매일 일기를 써도 좋고, 블로그에 올려도 좋고. 쓰다 보면 시끄러운

머릿속이 조용해지고, 불안도 줄어들 거예요. 적어도 쓰는 순간만큼은. 내가 보장할게. 내가 그랬으니까."

놀랍게도 얼마 후 정말 A가 글쓰기 교실에 등록해서 글을 쓰기 시작했다는 소식을 전해왔다. 자기는 글 쓰는 사람이 아니라고 생각했는데, 일단 쓰기 시작하니까 자기 안에 그렇게 많은 이야기가 있다는 것을 발견하고는 매우 놀랐다면서 말이다. 의도치 않게 글쓰기 전도사가 된 셈이다.

글을 쓰지 않았다면 지금의 나는 없다고 자주 생각한다. 서른네 살 때부터 블로그를 만들어 글을 쓰기 시작했다. 서른넷이라니. 내가 그토록 젊고 힘찬 나이로 살아갔을 때도 있었나? 지금 생각하면 아득한, 그때의 내가 애틋하고 안쓰럽기도 하다. 내가 젊거나 힘차다는 생각은커녕 어서 빨리 늙어버리고 싶은 마음뿐이었으니까.

네 살짜리 릴리는 끝도 없이 손이 갔다. 못하는 살림은 그 자체로 스트레스였다. 릴리 옷을 하나 사주려 해도 몇 번을 들었다 놨다 하기 일쑤였다. 반찬 값이라도 보태보겠다고 시작한 번역 일을 하다 보면, 아침마다 천 년을 살아버린 사람처럼 기진맥진해서 일어나는 게 다반사였다.

그래서였을까. 업무용 메일에 딸린 블로그를 일기장 삼아 글을 쓰기 시작했다. 식구들이 아직 자는 이른 새벽, 대접만 한 머그잔에 믹스커피를 두세 봉지씩 타서 홀짝거리며 몇 줄. 일하다 머리 아플 때 아무것도 아닌 시시한 이야기 서너 줄. 깊은 밤 새근거리며 자는 릴리 옆에서 그날 릴리가 했던 신통방통한 말이나 간만에 들어온 번역료에 대한 기쁨, 번역하다 생긴 어깻죽지의 만성 통증에 대해 쓰면서 숨을 돌렸다. 쓴다고 누가 돈을 주는 것도 아니고, 글로 뭘 이루겠다는 야심이나 목적도 없었다.

그저 답답한 마음에 하소연하고 싶을 때, 좋은 책이나 영화를 보고 수다를 떨고 싶을 때, 간만에 생긴 경사를 자랑할 곳이 없을 때, 슬픈 일이 있어 위로받고 싶을 때 썼다. 기왕이면 잘 쓰고 싶고, 복받치는 감정들을 정확하게 표현하고 싶어서 제법 궁리를 해가며 썼다.

그 무렵 번역 의뢰는 여름날 소나기처럼 예고도 없이 찾아왔다. 그럴 때면 노트북 옆에 꼬마 릴리를 앉혀놓고 일을 했다. 자판을 두드리는 엄마 옆에서 릴리는 그림을 그리거나 동화책을 읽거나 장난감을 가지고 놀았다. 때로는 아무리 졸라도 같이 놀아주지 않는(못 하는) 엄마에게 토라져 혼자 현관문을 열고 나가 아파트

바로 앞에 있는 놀이터로 갔다. 일하는 틈틈이 부엌 창문으로 모래를 퍼 올리며 노는 릴리를 확인하던 아슬아슬한 시절이었다.

결국 일이 벌어졌다. 놀아달라고 심하게 보채도 내가 대답이 없자 릴리는 한창 작업 중이던 마우스 선을 가위로 잘라버리며 시위했다. 그래도 무정한 엄마가 달라지지 않았다. 며칠 후 릴리는 문제의 그 가위로 자기의 한쪽 머리카락을 사정없이 잘라버렸다. 작은방에서 노는 릴리가 너무 조용해서 가봤는데, 한쪽 머리가 너덜너덜해진 채로 환히 웃고 있었다. 그 얼굴을 보는 순간 나도 확 돌아버렸다.

그 길로 릴리의 작은 손을 잡고 동네 어린이집에 달음박질쳤다. 매일 출근하는 일도 아니고 집에서 일하면서 애 하나 제대로 못 보냐는 남편의 말을 비로소 무시할 수 있었다. 그날로 릴리는 친절한 선생님들과 친구들을 얻었고, 나는 목을 조르는 것 같은 '시간 가난'에서 조금 풀려났다.

나의 첫 번역 작품이자 지금도 가장 좋아하는 '매튜 스커더' 탐정 시리즈가 있다. 과거 유능한 경찰이었던 스커더는 사고로 경찰을 그만두고 이혼한 후, 뉴욕의 싸구려 호텔에서 지내며 사립탐정으로 일한다. 그는 매일 아침 단골 카페에 가서 커피를 마시고 신문을 읽는다. 사건 의뢰가 들어오면 지하철이나 택시를 타고 현장에 가서 수사하고, 과거 동료였던 경찰관들의 도움을 받아 사건 보고서를 몰래 읽고 도서관에 가서 정보를 찾는다. 밤이 되면 호텔 방으로 돌아와 술을 한 잔 마시며 책을 읽다가 잔다.

커피와 신문, 지하철과 도서관, 호텔과 술과 책으로 이뤄진 그의 아날로그적인 일상을 번역하며 묘하게 위로를 받았다. 하루키가 추리 소설을 쓰면 이러지 않을까 싶은 매튜 스커더의 규칙적인 일상에 나만 반한 게 아니어서, 이 시리즈에 한번 입문하면 모두 충성 독자가 된다. 나는 매튜를 보며 매일의 일이 쌓이고 쌓여 정립된 일상은 한 치 앞을 알 수 없는 세상에서 나를 지켜주는 견고한 성이 된다는 것을 깨달았다.

그래서 매튜에게 반했던 게 아닐까. 인간에 대한 근본적인 회의를 품게 만드는 잔인무도한 사건들을 수사하면서도 쉽게 절망하지 않았던 매튜처럼, 나는 매일 글을 쓰면서 실타래처럼 엉킨 생각을 정리하고 불안을 다스렸다. 그러면서 나를 가두고 있던 생각의 벽을 조금씩 허물었다. 매일 쓰는 글의 마지막 문장은 아무리 슬프고 우울해도, 당장 엎어져서 영원히 일어나고 싶지 않아도 다시 일어나겠다는 다짐이었다.

그 마지막 문장이 날 여기로 이끌었을까? 지금 나는 서른넷의 내가 상상하지 못했던 삶을 살고 있다. 당시에는 언감생심이었던 유학도 다녀오고(다녀와서 알거지가 됐지만), 내 이름 석 자가 박힌 책도 냈고, 고양이를 키우고 있다. 마우스 선을 잘랐던 릴리는 훌쩍 자라 립스틱과 티셔츠를 공유하는 인생 친구가 됐다. 어서 늙어버렸으면 좋겠다고 뇌까렸던 나는 어느새 쉰을 앞두고(내가 쓰고도 매번 놀라는 나이!) 있다.

시간을 되돌릴 수 있다면 서른넷의 나에게 글쓰기를 시작해줘서 고맙다고 전하고 싶다. 글을 쓰지 않았다면 그 엄혹한 세월을 견딜 수 없었을 것이다.

누구에게나 넘어진 자신을 일으켜 세워주는 일이 하나씩은 있다. 식구들이 먹을 밥을 짓는 일, 아침마다 이불을 개고 걸레로 방바닥을 박박 닦는 일, 운동화 끈을 묶고 동네 한 바퀴를 달리는 일, 신문의 잉크 향을 맡으며 제일 먼저 눈이 가는 기사 하나를 꼼꼼히 읽는 일, 좋아하는 화초에 물을 주며 아무에게도 보여주지 않는 다정한 얼굴을 보여주는 일.

그것이 나에게 글쓰기였듯, 릴리에게도 그런 일이 하나쯤 있을 것이다. 릴리가 좋아하는 달리기든, 이를 닦으며 매일 흥얼거리는 노래든, 서로 애써 무시하며 각자 열심히 하는 페이스북이든, 독립해서 혼자 살면 키우겠다고 기염을 토하는 개 세 마리와의 산책이든. 그런 일이 있기만 하면 된다.

언 제 나
기 대 는
배 반 당 하 지 만

마흔 중반이 넘어 조금씩 재테크와 경제 공부를 시작했다. 돈을 불리겠다는 욕심을(그럴 돈도 없지만) 떠나서, 내가 살고 있는 자본주의 체제가 어떻게 돌아가는지 알기 위해서라도 더 일찍 시작했어야 했는데. 쉰을 코앞에 두고 시작하려니 좀 많이 늦었다는 생각에 후회도 되고 민망하기도 하다.

변명하자면 평생 수입이 들쭉날쭉한 프리랜서로 살다 보니 경제적으로 뭔가를 계획해서 실행하기가 어려웠다. 무엇보다도 수입이 생기면 먼저 나에게 지불하고(그러니까 저금과 투자를 하고) 그 후에 집세, 공과금, 식비, 학원비 같은 생활비를 써야 한다는 재테크의 황금률도, 그 수입이란 것이 코딱지만 한 상황에선 정말 의

미가 없다. 나 혼자 산다면 허리띠를 졸라매든 어떻게든 해보겠지만, 내가 한쪽에서 졸라맨다 해도 학원비를 비롯해 릴리에게 들어가는 돈이 생기면서 다른 한쪽이 스르르 풀려버리니, 이 역시 의미 없다.

〈자본주의란 무엇인가〉라는 교육방송 다큐멘터리로 기초를 훑고 『부자들의 경제기사 읽는 법』 같은 책을 참고서로 사서 열심히 줄을 치며 일 년 넘게 경제 신문과 같이 읽기 시작했다. 가끔 십만 원, 이십만 원 정도 여윳돈이 생기면 주식에 투자도 해보았다(아직까지 내 계좌는 마이너스다).

평생 접한 번역이나 문학이나 책과는 전혀 다른 세계의 책들을 읽어보며 놀라웠던 점은 투자 세계가 인생과 무척 닮아 있으며(어찌 보면 당연하겠지만), 투자에 대한 명언이나 격언은 인생으로 바꿔놓고 봐도 무척 잘 통하고 유효하다는 것이다.

그중에서도 내가 좋아하는 명언은 바로 "주식은 예측하는 것이 아니라 대응하는 것이다"라는 말이다. 원전이 어디인지 모르겠고, 주식 대신 투자나 미래를 넣은 말도 많이 눈에 띄었는데 기본 의미는 다 같다고 생각한다. 요지는 '예측하려 하지 말고 대응할 것'. 코로나 사태가 터지면서 전 세계 사람들이 이 말만큼은 절

실하게 실감했으리라. 주가가 곤두박질치던 그때 나 역시 처절하게 느꼈다.

우리 집에서 그런 타격을 가장 크게 받은 사람은 어차피 평소에도 집에서 일하는 나보다는, 기나긴 겨울방학에 이어 개학도 못하고 집에서 온라인 강의를 듣게 된 릴리였다. 그러나 유학을 준비하는 릴리로서는 다른 친구들보다는 훨씬 더 마음 편하고 넉넉하게 시간을 쓸 수 있기도 했다.

그런 릴리에게도 코로나 직격탄이 터졌다. 유월과 십일월에 각각 한 번씩, 총 두 번 유학 대비 시험 중 더 나은 성적으로 지원이 가능했던 시스템이었는데, 코로나19 때문에 유월 시험이 전 세계적으로 취소되는 사상 초유의 사태가 발생한 것이다. 단 한 번의 시험으로 대학 입학이 결정된다는 통보를 받고, 릴리는 공황 상태에 빠졌다.

가고 싶은 대학을 정해놓고 유월 시험을 목표로 전력 질주했는데, 눈앞에 있던 목표가 느닷없이 저만치 멀어져버린 것이다. 그 목표 앞에서 살짝이라도 넘어지거나 그날따라 컨디션이 좋지 않아 평소보다 점수가 낮게 나오면 그대로 불합격이 될 수도 있는 무시무시한 상황이 되자 릴리는 분노하고 억울해했다.

나는 서투르게 위로하려다 "이런 상황에서는 가만히 있어 달라"는 일침을 받고 뜨끔했다. 신경이 바짝 곤두선 릴리는 내 한마디에 발끈하다가 급기야 눈물을 펑펑 쏟기 시작했다.

그런 릴리의 마음을 알고 절절히 이해하지만 어쩔 수 없는 상황은 어쩔 수 없다. 무엇보다 인생이 끝난 것도 아니고, 릴리 혼자만 당하는 일도 아니니. 릴리에게 하루 쉬면서 마음을 가다듬고 다시 십일월 시험 준비를 시작하라고 했지만 내 말이 전혀 들어오지 않는 눈치였다. 그런 릴리를 끌어안고 다독이며 말했다.

"네가 그렇게 주도면밀하고 철저하게 세워놓은 계획이 어그러져서 속상한 심정은 알겠어. 두 번 볼 수 있는 시험을 한 번에 끝내야 하니 무섭고 두려운 마음도 알아(우리에게 재수는 없다고 굳게 약속했다). 하지만 살다 보면 이런 일도 생기기 마련이야. 넌 처음이겠지만 코로나 때문에 공들여 세운 계획이 틀어진 사람은 어마어마하게 많아. 당장 엄마만 해도 가려던 취재 여행도 못 가게 됐잖아. 중요한 건 이제 앞으로 어떻게 대응하느냐는 거야."

릴리는 다독이는 내 품 안에서 실컷 울고 난 뒤에 진정했다. 나는 혹시라도 시험에서 좋은 결과가 나오지 못했을 때 시도할 수 있는 플랜 B와 C를 제안했다. 릴리가 입을 열어 반박하려고 하자 일단 들어보라고 설득했다. "어떤 상황이든 어긋날 수 있어. 그럴 때 대안이 있는 것과 없는 것은 확연히 달라. 세상 모든 일이 네 뜻대로, 네 계산대로 흘러가는 상황은 그리 흔하지 않아. 그러니 이럴 땐 이렇게 하고, 저럴 때 저렇게 하자고 생각해두면 당황하지 않을 수 있어. 무엇보다 당황해서 허둥대는 바람에 터무니없는 실수를 저지르지 않을 수 있을 거야. 매사 계획대로 되지는 않을 거라는 여지를 둬야 마음이 편해지는 법이고." 다행히 릴리는 입을 꾹 다물고 들어주었다.

내가 좋아하는 구절이 있다. "언제나 기대는 배반당하고, 행운은 오래 계속되지 않고, 인생은 늘 생각대로 되지 않는다. 그래도 행운이 불운으로 바뀌는 일이 있다면 불운이 행운으로 바뀌는 일도 있지 않을까."•

행운이 불운으로 바뀔 수 있다는 사실을 우리가 받아들인다면, 불운이 행운으로 바뀌는 일도 받아들여야 하지 않겠나.

릴리는 울음을 멈추고 퉁퉁 부은 얼굴을 씻으러 갔다. 그 뒷모

• 〈우리들이 있었다〉, 오바타 유키 만화, 주인공 야노 모토하루의 대사 중에서 인용

습을 보며 생각했다. 무엇이든 혼자 알아서 생각하고 결정하고 싶어 하다 보니 그만큼 계획에 차질이 생겼을 때 더 심하게 상처받는다. 앞으로 여러 번 넘어지고 좌절하면서 세상에, 운명에 분노할 일이 기다리고 있다. 어쩌겠는가. 뜻대로 되지 않는 게 인생이고, 그걸 배우는 게 인생이었다. 그래도 내가 여러 번 넘어져봐서 아는데, 생각보다 그렇게 죽을 만큼 힘들지도 않았어. 이 말은 굳이 안 해도 되겠지?

쓰레기를
쓰자

마감을 앞두고 언제나 그렇듯 정신없이 자판을 두드리고 있었는데(미리미리 잘 하겠다는 다짐은 왜 이렇게도 지키기 어려운가) 릴리가 다가와 불쑥 말했다. "나 이제 십 년 다이어리 그만 쓸까 봐." 문제의 십 년 다이어리는 몇 년 전 수학 과외를 끝냈을 때 작별을 아쉬워하는 선생님이 준 선물이었다.

그 선생님을 처음 소개받았을 즈음, 릴리는 원 없이 놀면서 폭주하던 사춘기 끝자락에 있었다. 저러다 릴리의 이번 생이 망하는 게 아닌가, 슬슬 걱정되던 차였다. 그러다 엄격하지만 아이들에게 깊은 애정을 지닌 분을 운 좋게 만나 그동안 던져놨던 수학에 대한 자신감을 되찾았고, 자기 미래도 그려보게 되었던 것이다.

선생님에 대한 고마움과 십 년이라는 길고도 묵직한 시간 프레임에 매혹되어 바빠서 며칠 몰아 쓰는 한이 있더라도 이 년 동안 꾸준하게 써왔던 일기였는데, 이제 와서 그만두겠다고 하다니….

"왜? 그동안 잘 썼잖아."

"지금까지는 밀려봤자 사나흘이었는데 이번에 시험이다, 학생회다, 일이 너무 많아서 한 달 반이나 밀려버렸어. 완전 실패야. 그러니까 그만 쓸래."

실패의 역사라면 또 한 역사 하는 내가 가만히 듣고 있을 수만은 없었다.

"무려 이 년 가까이 썼는데 고작 한 달 반 밀렸다고 여기서 그만두면 너무 아깝지 않아? 그건 말 그대로 십 년 다이어리니 한 달 반은 그냥 놔두고 오늘부터 다시 시작하면 돼. 길게 보면 십 년이란 시간에서 한 달 반은 아무것도 아니야. 살다 보면 완벽하게 하려다 결국 하지 못하게 되는 일이 얼마나 많은지 알아? 중요한 건 완벽하게 하는 게 아니라 어쨌든 하는 거야, 끝까지 하는 거."

실패와 회한의 마스터인 나는 반백 년 정도 우려낸 사골 같은 충고를 했다. 그런 내 말이라면 무조건 잔소리로 치부하며 영혼 없이 네에, 네에, 대꾸하던 릴리가 놀라운 말을 했다.

"맞아. 진짜 그래. 내가 지금까지 그래서 그만둔 게 한두 개가 아니잖아."

"(미안해, 그거 유전이다.) 그래, 너 저번에도 다이어트 한다고 굶다가 하루 폭식했다고 쭉 먹었잖아."

"엄마도 그러면서 뭘."

릴리는 다시 환해진 표정으로 제 방으로 돌아갔다. 살다 보니 이런 날도 오는구나. 내 이야기라면 어디서 개가 풀을 뜯나, 하는 표정으로 흘려듣던 릴리가 내 의견을 받아들여 마음을 바꾸다니! 그것도 저토록 긍정적으로!

솔직히 나야말로 잘하지 못해서, 완벽하지 못해서 팽개친 일들을 다 세려면 이박 삼일이 모자란다. 요즘은 피트니스라고 하지만 과거엔 헬스클럽이라 했던 곳에 갖다 바친 돈만 해도 0이 일곱 개가 들어갈 거액에 달할 것이며, 수영장 역시 여러 번 끊고 며칠 다니다 포기하는 블랙홀이다. 컴퓨터 학원에 갖다 바친 돈이 얼마며 (결국 아직도 컴맹이다), 일어 교재와 학습지를 한다고 또 몇 년 돈지랄을 했다. 완전히 변신한 내 모습을 꿈꾸며 새로운 모험들에 쏟아부은 돈을 다 합치면 차 한 대는 너끈히 사고도 남을 것이다.

그중에서도 유독 뼈아픈 후회가 하나 있다. 내 인생 최초로 책

을 내고 난 후, 한동안 책을 쓰자는 제안이 여럿 들어왔다. 놀랍고 기쁘고 황송한 마음에 뒷감당은 생각도 안 하고 덥석덥석 받아들였다. 그중 하나가 지금까지 번역 일을 하면서 채집하고 정리한 단어 노트들을 토대로 쓰는 에세이였다. 계약서를 쓰고 계약금을 받을 때까지만 해도 어떻게든 되겠지, 하는 무책임한 마음이었는데 막상 쓰려고 보니 마치 거대한 사막을 앞에 둔 것처럼 막막해지고 말았다.

답답한 마음에 자료를 좀 더 많이 모으면 도움이 될까 싶어, 어휘와 표현에 대한 책이 눈에 띄면 닥치는 대로 사서 쟁였다. 서재도 모자라 안방과 거실까지 책들이 점령해가는데 글은 풀리지 않았고, 읽어야 할 자료만 산처럼 쌓이면서 가슴이 답답해졌다. 반년을 몸부림치다 결국 항복했다. 그동안 쓴 원고들을 출판사에 보여주고 사정을 설명한 후 계약을 해지했다.

그 후로 한동안 글에 대한 트라우마 비슷한 것이 생겼다. SNS에 올리는 가벼운 글은 부담 없이 재미로 썼지만 아주 짧은 분량이라도 청탁이 들어오면 심장이 사정없이 뛰면서 간이 오그라들었다. 글을 쓸 때도 힘들었지만, 글을 본 편집자가 '이것도 글이냐'며 비웃는 표정이 떠올라 식은땀이 나기도 했다. 재미있다는 편집자의 피드백이 오기 전까지는 아무 일도 손에 잡히지 않고, 그런 답장을 받으면 앉은 자리에서 최소 열 번은 읽고 또 읽으며 안도했다(참고로 이 증상은 고쳐지지 않았다).

이러다 제대로 된 글은 영영 못 쓰는 게 아닌가 하는 걱정이 들기 시작했을 무렵 우연히 한 인터넷 서점에 실린 어떤 작가의 연재 글을 읽다 무릎을 쳤다. 그 작가도 마침 글쓰기의 괴로움에 몸부림치다 극복할 방법 하나를 알아냈다고 했다. 너무 잘 쓰려고 스스로를 달달 볶지 말고 그냥 쓰레기를 쓰자고 생각하기로 했단다. 그러자 큰 부담 없이 글을 쓸 수 있었다는 것이다.

"쓰레기를 쓰자" 이 부분을 읽는 순간 먹구름 사이로 한 줄기 광명이 비치는 것 같았다. 그래, 나만 힘든 게 아니었어. 거기다 내가 전업 작가도 아니고 번역가로 쓰는 글인데 왜 그리 잘 써야 한다고 안달했을까.

세상을 구원해야 하는 글도 아닌데 고뇌하지 말고 평소 쓰던 대로 쓰레기를 쓰고 나서 마음에 들 때까지 고치고 또 고치면 될 것. 일본 근대 문학에서 최고의 문장으로 꼽히는 것은 『설국』의 첫 문장인 "국경의 긴 터널을 빠져나오자, 눈의 고장이었다"라고 한다. 노벨상을 받은 소설가 가와바타 야스나리는 무려 십삼 년 동안 그 문장을 고치고 또 고쳐서 역사에 길이 남을 완벽한 첫 문장을 만들어냈다는데, 감히 내가 뭐라고.

잘하지 못해도 좋다. 완벽하지 않아도 좋으니 뭔가를 시작해서 끝내는 습관을 들이는 게 얼마나 중요한지, 나는 늦게 깨달았다. 못해도 좋으니 일단 끝까지 하고, 마음에 안 들면 고치고 또 고치면 된다. 그러다 보면 언젠가는 잘할 날도 오겠지. 언젠가는 펜을 내려놓고 흡족할 때도 있겠지. 중요한 것은 포기하지 않는 마음이라는 걸 알고 있으니 그저 다행이다.

그럼에도
불구하고
하는 게 어른

서로에게 아프고 불편한 진실을 말해주는 사이. 우리 사이다. 릴리의 그런 면은 아마 날 닮기도 했을 것이고, AB형 특유의 시크하고 쿨한 성격 때문인지도 모른다. 혈액형으로 성격을 파악하는 게 지극히 비과학적이며 유치하다는 건 알지만, 그래도 지금까지 살아온 경험에 따르면 혈액형이 성격과 관련이 전혀 없는 것 같지도 않다. 지금까지 혈액형이 AB형인 사람은 릴리를 포함해서 딱 세 명 봤는데, 셋 다 그러니까… 참으로 독특했다.

어느 날 릴리에게 또 한 방 먹었다.

"오늘 밤새야 할 것 같아. 마감이 내일인데 교정볼 게 너무 많이 남았어."

"지난번 밤샐 때 너무 힘들어서 다시는 안 그런다며?"

릴리는 무지 한심하다는 표정으로 날 보며 말했다. 어느새 내 입에서는 자동적으로 변명이 줄줄 흘러나오고 있었다.

"이번엔 어쩔 수 없어. 교정볼 게 많단 말이야."

"저번에도 정확히 그렇게 말하면서 밤샜어. 일 많다면서 넷플릭스랑 왓챠로 드라마는 왜 봐?"

이쯤에서 더는 변명거리가 생각나지 않아 볼멘소리로 알았다고 하고 입을 막았다.

아이에게도 야단맞는 '미루는 버릇'. 나도 처음부터 이렇지는 않았다. 초보 시절에는 마감을 하루라도 미뤘다간 편집자 눈 밖에 나서 다음부터 의뢰가 들어오지 않을 것 같았다. 삼시 세끼 꼬박 시간 맞춰 밥을 챙겨 먹듯 원고를 마무리해 보냈다.

그렇게 칼같이 마감을 지켰건만 '급하니, 빨리 부탁드려요'라고 하던 원고는 세월아, 네월아 하며 책으로 안 나오는 경우가 빈번했다. 책이 안 나오니 번역료도 받지 못하는, 눈물 없이 회상할 수 없는 시절도 있었다.

그런데 이제는 책이 나오는 시점이 아니라 원고를 보내면 다음 달에 번역료가 결제되는 아주 행복한 시스템에서 일하고 있고, 어엿한 중견 번역가가 됐는데 왜 이럴까. 계약 당시에는 모월 모일까지 하겠다고 굳게 약속하고 도장까지 꽝꽝 찍어도, 일을 하다 보면 몸이나 마음이 늘어질 때가 있다. 그래도 일정을 맞출 수 있겠지, 싶어 마냥 여유를 부리다 보면 어느새 마감이 코앞에 닥친다. 그때부터 뒤에서 호랑이가 쫓아오는 것 같은 절박한 심정으로 책상 앞에 앉아 한도 끝도 없이 일을 한다.

그러다 보면 낡아버린 몸 어딘가가 반드시 고장을 일으킨다. 모니터를 너무 오래 보다가 서러운 일도 없는데 눈물이 질질 흐르는 알레르기 질환이 재발하는 것은 물론이거니와, 허리가 끊어질 것처럼 아프거나 손목이 시큰거린다. 파스를 붙여봐도 별 소용이 없고, 손가락을 움직이기만 하면 악 소리가 나도록 아플 때도 있다. 결국 마감을 며칠 혹은 일주일 정도 미뤄달라고 읍소하는 메일을 보내는 일이 일 년에 두어 번 정도 일어난다. 대부분의 천사 같은 편집자들은 그런 나의 악행을 눈감아주지만 그렇지 않은 적도 있었다.

한 문학 잡지에 번역가와 편집자가 한 쌍이 되어 '서로가 보는 작업 파트너'란 주제로 글을 쓴 적이 있었다. 그때 한 편집자가 내게 마감을 잘 안 지키는 몹쓸 버릇이 있다는 사실을 공개해 한동안 얼굴을 못 들고 다닌 적이 있다(지금은 최대한 잘 지키고 있습니다!).

연애까지 포함해 인생의 모든 것을 글로 배우는 나는, 이런 고질적인 미루기 버릇을 고치는 방법도 책에서 배웠다. 얼마 전 폭풍 마감을 한 명상서에 '우리는 왜 미루는가'라는 주제의 글이 있었다.

명상서라는 책은 독자 입장에서는 페이지를 쓱쓱 넘기면서 읽기 쉬운 편일 것이다. 하지만 번역하는 입장에서는, 뭐랄까 신선의 풍류 놀음을 묘사하는 듯한 문장들, 다시 말해 이 문장이 저 문장 같고, 저 문장이 이 문장 같은 비슷함과 평소에는 쓰지 않는 어휘들을(이를테면 마음, 고요, 평정, 바라보기) 총동원하느라 진땀을 흘리게 된다. 나도 다르지 않았다.

그 책의 작가는 우리가 미루는 이유에 대해 조금 의외의 대답을 했다. 우리가 마감을 지키지 못하는 이유는 시간 관리를 잘 못해서가 아니라 두려움 때문이라는 것이다.

그의 말을 내 식대로 풀어보자면 이렇다. 해야 할 일이나 프로젝트가 어려워 보이고, 하기 힘들 것 같고, 잘 해내지 못할 것 같고… 이런 마음들이 하나둘씩 쌓여서 결국 거대한 벽이 되는데,

그걸 정면 돌파하지 못하고 차일피일 미루면서 도망만 다니다가 나중엔 결국 울면서 하게 된다는 것이다. 오호라, 이건 내 이야기 잖아!

그렇게 두려워하는 자신의 마음을 찬찬히 들여다보면서 친절하게 말해주라고 했다. 두려워하는 건 괜찮은데 그래도 해보라고. 하기 싫고 괴롭지만 그럼에도 불구하고 하는 것이 어른이라고. 어찌 보면 굉장히 진부하지만 내 마음을 크게 울리는 말이었다.

그 조언 덕분에 번역 원고를 늦지 않게 보낼 수 있었다. 저자가 번역자를 도운 셈이다. 그래, 내 나이가 몇인데 아직도 아이처럼 도망만 다닐 건가….

마감을 앞두고 빈둥거리다 밤샌다고 나를 야단치던 릴리는 어떤가. 올해 고3이 된 릴리는 그동안 부렸던 게으름이 한꺼번에 응축돼 폭풍우처럼 밀려오는 바람에 모든 시간을 공부에 집중하고 있다. 그러다 어느 날 이렇게 토로했다.

"내가 사실 지난 이 년간은 학원을 다니면서도 공부는 건성으로 했는데. (헉, 소리가 나왔지만 그간 쌓은 엄마의 내공으로 못 들은 척 했다!) 지금까지 안 했던 공부를 몰아서 하려니 죽을 것 같아. 하지만 올해도 안 하면 정말 인생 망할 테니 참고 해야겠지?"

나는 아주 자애로운 엄마 미소를 지으며 고개를 끄덕였다. 그리고 생각했다. '딸아, 오늘 할 일을 내일로 미루지 않아야 한다는 진리를 벌써 깨닫다니 엄마보다 진도가 빠르구나.'

사
람
대
사
람
으
로

만
나
고
있
습
니
다

2

잘 못 을
지 적 하 고
싶 을 때

자세한 이유는 기억나지 않지만 릴리에게 야단칠 일이 있었다. 아니, 사실은 아주 잘 기억나는 것 같기도 하다. 오랜만에 서울에서 친구와 만나 다이어트 때문에 잘 먹지 않는 스파게티, 피자, 샐러드를 잔뜩 시켜놓고 신나게 수다를 떨고 있는데 핸드폰이 드르륵 울렸다. 릴리가 또 지각을 했고, 평소에도 지각이 잦으니 어머니가 신경을 좀 써달라고 학원에서 보낸 문자였다. 안 그래도 릴리에게 그러지 말라고 단단히 일러둔 지 얼마 지나지도 않았는데. 갑자기 속에서 천불이 올라오면서 그때부터 테이블 위로 오가는 대화가 하나도 귀에 들어오지 않았다.

친구와 헤어지자마자 서울에서 일산까지 한달음에 달려와 분노를 활활 태우며 릴리를 기다렸다. 집에 온 릴리를 식탁 앞에 앉혀놓고 야단을 쳤는데, 그날따라 노기 섞인 내 꾸중에 수긍하지 않는 눈빛이었다. 그럴수록 나의 분노는 점점 커져서 고장 난 라디오처럼 앞으로는 그러지 말라는 말을 하고, 또 하고 있었다.

릴리는 반성하는 기미가 전혀 없는 눈빛으로 듣고 있다 느닷없이 "알았어. 이제 됐지?"라고 반문하며 벌떡 일어섰다. 나는 얼떨결에 "그으래"라고 대꾸해버렸다. 뭐, 뭐지? 어쩐지 기선 제압이라도 당한 것 같은데?

이런 마무리에 뭔가 찜찜했던 나는 일을 하다 말고 키보드 옆에 있는 핸드폰을 들어서 옆방에 있는 릴리에게 문자를 보냈다. '다시는' 같은 단어를 쓴, 엄포로 가득한 문자를 말이다. 그러자 곧바로 답장이 날아왔다. "알았다고! 벌써 몇 번을 말해? 이제 그만해, 쫌!"

앗! 그걸 보자 정신이 번쩍 들면서 피식 웃음이 나왔다. 나는 깨갱 소리를 내며 꼬리를 내릴 수밖에 없었다.

'자식, 많이 컸네. 이젠 그만 좀 야단치라고 나를 혼내고 말이지.' 문자를 들여다보고 있으니 릴리를 야단쳤던 역사가 주마등처럼 떠올랐다.

릴리가 꼬꼬마였을 적, 그러니까 서너 살 때쯤에는 대화가 잘 통하질 않아서(세 살짜리와 싸워본 경험이 있는 사람은 내 말에 적극 공감할 것이다), 지나치게 떼를 쓰거나 고집을 부리면 그 토실토실한 엉덩이를 한번씩 가볍게 때려주었다. 그러던 어느 날 지하철에서 뻗대면서 고집을 부리는 릴리의 엉덩이를 때렸는데, 어떤 점잖은 노신사가 쫓아와 절대로 아이를 때리지 말라며 간곡하게 호소하는 일을 겪은 후부터는 릴리에게 다시는 손을 대지 않았다.

릴리가 거짓말하거나(대부분은 속은 척 연기해주지만 가끔 그대로 넘어갈 수 없을 때도 있었다) 하겠다고 약속한 일을 하지 않았을 때에는 반성문을 쓰게 했다.

릴리의 첫 반성문을 생각하면 늘 웃음이 난다. 초등학교 5학년 때, 해가 다 지고 밖이 어둑어둑해졌는데 갑자기 문구점에 가서 펜을 사오겠다고 하는 것이었다. 아파트 단지 안에 문구점이 있어서 그러라고 했는데 어쩐지 낌새가 이상했다. 나가는 릴리를 탐정처럼 두근두근 몰래 따라가보니 친구들과 놀이터에 모여서 놀고 있었다. 그래서 도끼눈을 뜨고 데려와 A4 용지를 한 장 주면서 반성문을 쓰라고 했다.

그랬더니 릴리가 가져온 반성문은… 하얀 종이에 연필로 대문

짝만 하게 이렇게 쓰여 있었다.

　잘못했습니다. 잘못했습니다. 잘못했습니다.

이 문장을 열 번 써서 한 장을 다 채웠다. 나는 터져 나오려는 웃음을 참고 설명했다. 반성문은 이렇게 쓰는 것이 아니다, 네가 뭘 잘못했고, 그것에 대해 어떻게 생각하며, 앞으로 어떻게 하겠다는 다짐을 쓰는 것이라고. 하지만 반성문에 부작용이 있을 거라는 생각은 미처 하지 못했다.

　그 후로 릴리는 잘못을 저지르면 시키지 않아도 알아서 반성문을 썼다. 그걸 들고 오는 릴리의 표정은 아주 볼 만했다. 마치 '어때 나, 잘 쓰지 않았어요?'라는 표정 같았다. 그렇게 릴리의 글쓰기 실력은 늘어갔지만 그에 비례해 잘못을 뉘우치는 기색은 점점 옅어져갔다. 이래서는 벌을 주는 의미가 없다고 생각해, 중학교 졸업과 동시에 반성문도 졸업시켰다. 그 후에 야단치는 일이 생기면 내 목소리 데시벨은 점점 올라가고, 릴리는 울고, 송이는 우리 둘 사이에서 어쩔 줄 몰라 하고….

　어디까지가 아이를 생각해서 하는 말이고, 어디서부터가 내 분노와 속상한 감정의 표출일까. 어디서부터가 관 뚜껑에 못질할 때까지 그치지 않을 부모의 잔소리인가, 어디까지가 아이를 지키기 위한 올바른 조언인가. 그런 의문이 들 때가 있다.

릴리는 내가 감정적으로 자신을 대한다고 느끼면 곧바로 반발한다. 이를테면 내게 뭔가 물어보거나 요구했는데 내가 거절하거나 반문하는 게 단순한 짜증인지, 합당한 이유가 있어서인지 그 차이를 간파하고는 바로바로 지적한다. "그냥 물어본 건데 왜 짜증을 내?"

순간 아차 한다. 아마 다른 일로 피곤했거나, 안 된다고 하는데도 계속 조르니 짜증이 나서 그랬을 테지만, 그게 합당하지 않은 걸 나도 느낀다. 그럴 때면 사과하거나 다시 인내심을 갖고 설명한다. 내 대답이 합리적이고 일리가 있다고 생각하면 릴리는 받아들인다. 이것이 올바른 소통 방식인지는 나도 모르겠다. 다만 우리 둘 사이에는 지금까지 비교적 잘 통했다.

나는 어렸을 적부터 부모 자식 간의 이런 소통을 꿈꿔왔다. 초등학교에 입학할 무렵 부모님이 갑자기 이혼했고(물론 수많은 전조가 있었겠지만 그걸 알아차리기에 나는 너무 어렸다), 그 후로도 집안에 큰일이 여러 번 있었다. 그럴 때 가장 힘들었던 건 그 누구도 나에게 상황을 설명해주지 않고, 그 어떤 선택권도 주지 않는다는 점이었다. 어린 나는 그 무력감과 막막함이 너무 싫어서 어서 빨리 어른이 되고 싶었다. 무엇보다 내 아이만큼은 그런 감정을 느끼도록 하고 싶지 않았다.

아직도 아이의 잘못 앞에서 어떻게 해야 하는지 올바른 답을 찾지 못했지만, 이제 그런 고민조차 할 필요가 없어 보인다. 릴리는 어느새 자기 생각과 의지로 자신의 일을 하나씩 결정하고, 거기에 책임을 지는 나이로 나아가고 있으니까. 그렇게 자신의 머리로 생각하고 몸으로 겪어본 실수와 과오들이 쌓이고 쌓여 릴리만의 인생이 만들어지는 중이다.

우리가 상대에게 하는 야단과 짜증을 들여다보면, 그 사람을 위하는 것이 아닌 경우가 많다. 내가 저지른 과오들을 수정하고 싶고, 물리고 싶은 욕심에 쏟아내는 것일 때가 많다. 그러나 그 숱한 과오에도 불구하고 지금 나는 멀쩡하지 않은가. 그러니 대화의 목적은 상대가 실수하지 않게 하는 것이 아니라, 그런 실수에도 불구하고 자신을 책임질 수 있다는 것을 알려주는 일이어야 하지 않을까.

운 명
예 정 설

"자기계발에 관심이 많으시죠?"

모임에 갔다가 이런 질문을 받았다. 자리에서『닥터 도티의 삶을 바꾸는 마술가게』라는 책이 화제가 되었는데, 마침 좋아하는 책이라 평소 나답지 않게 적극적으로 대화에 동참하는 것을 보고 어떤 이가 물어본 것이다.

순간 나도 모르게 움찔하면서 원래 마음과 자기계발에 관심이 많았다고 얼버무리고 말았다. 아마도 언젠가부터 자기계발이라고 하면 자동적으로 연상되는 자기 착취, 노오력의 무익함, 시대착오적인 개념 같은 부정적인 이미지 때문이었을 것이다.

그 후 며칠 동안 '나에게 자기계발이란 어떤 의미일까?'라는 의문이 머릿속에서 맴돌다, 그 끝자락에 엄마가 떠올랐다. 내가 어렸을 적 엄마가 하던 작은 화장품 대리점에 어느 날 행색이 초라한 할머니가 와서 물을 좀 달라고 했단다. 몹시 지쳐 보이는 모습에 엄마는 의자를 끌어다 놓고는 잠시 쉬다 가시라고 했다.

할머니는 물을 달게 드시더니 고맙다고 손금을 봐주었다. 당신에게 딸이 둘 있는데 장녀는 공부를 많이 시키면 교수든 외교관이든 앞으로 쭉쭉 클 거고, 둘째 딸은 얼굴이 예뻐서 좋은 남편 만나 사랑을 듬뿍 받으며 살 거라는 예언 아닌 예언을 남기고 떠났다.

엄마는 딸이 둘인 것, 둘째가 동네에서 미모로 소문난 것도 맞추는 할머니의 신통함(?)에 신기해했다. 문제는 그다음에 일어났다. 장녀는 공부를 많이 시키면 대성할 거란 말을 철석같이 믿고, 잊을 만하면 한번씩 그 이야기를 꺼내며 나를 독려했다. "넌 잘될 거야. 그 할머니가 그랬어. 공부 열심히 해"라는 말을 기도문처럼 읊으면서 말이다.

나는… 괴로웠다. 책 읽는 건 좋았지만 공부에 취미는 없었고, 교수고 외교관이고 내가 원하는 일이 아닌 데다가, 다른 건 몰라도 주제 파악 하나는 뛰어나서 내 머리로 교수나 외교관이 되는 일은 절대 없음을 아주 잘 알고 있었다. 그 할머니는 물만 마시고 갈 것이지 왜 가만히 있는 엄마의 마음에 헛된 희망이라는 불을 질러놓았는지 원망스러웠다. 당시 내 나이는 고작 여덟인가 아홉이었다.

결국 그 할머니의 예언은 반만 맞았다. 나는 교수나 외교관이 되진 못했으나 그때부터 지금까지 책을 손에서 놓지 못하는 운명이 됐다(이건 상당히 만족스럽다). 동네에서 예쁘다는 소문이 자자했던 동생은 세상에 여자는 아내 하나뿐인 것처럼 대하는 어마어마한 애처가인 제부와 지금도 연애하듯 살고 있다.

어쩌면 나는 손금에 대한 엄마의 종교적 믿음과 기대에 부응하기 위해 쉰이 내일모레인 지금까지도 계속 자기계발을 한답시고 애면글면하고 있는 건 아닐까? 아니면 타고난 내 성정과 성향이 해를 향해 목을 쭉 뻗어 올리는 식물들처럼 좋아하는 책을 향해 스스로 길을 낸 것일까? 이것은 엄마가 계획하고 내가 어느 정도 순순히 따른 자기 충족적 예언이었을까?

이런 운명 예정설에 대한 나만의 시시콜콜한 의문을 테스트해 볼 수 있는 또 하나의 기회가 찾아왔다. 나를 이어 이 실험에 참가하게 된 릴리가 주인공이다. 릴리의 운명에 대한 예감은 나처럼 고전적이고 드라마틱하게 찾아오진 않았다.

평생 프리랜서로 사느라 한 치 앞을 알 수 없었기에 나는 마음이 고단할 때마다(물론 요즘도 크게 달라진 건 없지만) 한번씩 사주를 봤다. 친구와 지인들이 귀띔해준 용한 도사님들의 전화번호를 받아서 상담도 해보고, 동네 복합 쇼핑몰 곳곳에 있는 사주와 타로숍도 자주 갔다. 몇 년 전에도 내 인생은 왜 이다지도 안 풀리는 것인가, 괴로워하며 방바닥을 박박 긁다가 에라이, 하는 마음에 사주를 보러 갔다.

인상 좋은 아주머니 도사님에게 인생 상담을 받다가 때마침 사춘기 초입이라 도무지 말을 듣지 않는 릴리의 사주도 같이 봤다. 그랬더니 도사님은 느닷없이 릴리가 외국에 가서 공부할 운명이라고 했다. 순간 너무 어이가 없어 헛웃음이 나왔다. 그렇지 않아도 먹고살기 힘들어 점이라도 보러 왔는데, 무슨 돈이 있다고 유학을 가나. 유학은 아무나 가나.

그럴 돈이 없다고 딱 잘라 말했는데, 도사님은 외국에 나가서 공부할 운이 있다고 은근히 강경하게 말했다. 그러면서 사주로 본 릴리의 성격을 말해주는데, 그게 또 굉장히 잘 맞아서 입을 꾹 다물고 들을 수밖에 없었다.

도사님은 릴리가 고집이 세지만 머리가 좋으니 하고 싶은 대로 뇌두고, 엄마가 지원만 잘 해주면 나중에 돈도 많이 벌어서 효도할 거라고(이 말을 들으니 어찌나 기쁘던지!) 했다.

원래 아이에게는 점괘를 들려주지 않는 게 좋다는 걸 온몸으로 뼈저리게 체험한 주제에, 까맣게 잊고 어느 날 릴리에게 그 이야기를 해주었다. 릴리가 중학교 내내 실컷 놀고 나서 고등학교를 가려니 길이 보이지 않는다며, 아마도 내 인생은 여기서 망한 것 같다고 실의에 빠져 있어서였다.

"네 사주를 봤는데 외국에 유학 간다고 하더라. 그리고 돈도 많이 번대. 그러니 걱정하지 마. 네 인생은 지금부터 시작이야."

자신을 믿지 못하는 릴리에게 그렇게 말해주었다. 평소에는 "너는 잘될 거야"라는 말을 심드렁하게 듣더니만 점집 방문 이야기를 하자 릴리는 눈망울을 반짝이며 말했다. "정말 그래? 내가 유학 간대? 나중에 돈도 많이 벌고?"

그래서 나는 릴리에게 믿음을 주려고 최선을 다해 대답했다. "그렇다니까. 그러니까 지금부터 시작이라고 생각하고 열심히 해봐. 뭐든 네가 생각한 대로 할 수 있어."

그 순간 깨달았다. 오래전 엄마가 물을 마시러 온 할머니 이야기를 해준 마음을. 아마 엄마는 당신이 내게 해줄 수 있고, 줄 수 있는 것이 별로 많지 않은 상황에서 어떻게든 용기를 북돋워주고 싶은 마음이 아니었을까. 정말 기도하는 심정으로, 그러니까 쉽게 포기하지 말라고.

결국 릴리는 그때부터 다시 마음을 다잡아 공부를 시작했고, 정말 운명이란 알 수 없어서 지금은 유학을 준비하고 있다. 형편이 눈곱만큼 좋아지긴 했지만 그렇다고 돈 걱정 없이 유학을 보낼 수 있는 건 아니다. 다만 방법을 찾으려고 하니 생각지도 않은 곳에서 길이 나오기는 했다. 세상일은 정말 알 수 없다.

릴리가 정말 유학을 갈 수 있을지, 또 다른 변수가 생겨 국내 대학을 가게 될지는 알 수 없다. 그래도 공부하다 지치거나 자기 능력에 회의가 들면 릴리는 다시 물어본다.

"그때 그 점집에서 정말 내가 유학 간다고 했지? 돈도 나중에 많이 벌고?"

그럴 때마다 나는 아카데미 여우주연상을 받고도 남을 확신 어린 목소리로 대답한다.

"그럼. 넌 할 수 있을 거야. 점괘도 그렇게 나왔고, 나도 그렇게 믿어."

버리는 습관과
쟁이는 습관의
동거

인테리어 잡지에 단골 테마로 등장하는 텅 비다 못해 휑한 집에
서 살아보고 싶다. 명상 선원처럼 바닥에 엉덩이를 붙이고 앉을
수 있는 방석 하나, 무서우리만큼 새하얀 주방에 그릇 하나, 식탁
도 없이 밥상이자 책상이자 작업대가 되는, 접어서 벽 사이에 끼
울 수 있는 교자상 하나, 벽지와 마루를 비롯한 실내는 모두 연한
우드톤…. 이런 식의 극단적인 미니멀리즘을 추구하는 건 아니다.
인간이 사는 데 필요한 물건은 생각보다 많고, 특히 제정신이라면
아이와 반려동물이 있는 집에서 미니멀리즘을 꿈꿀 수 없다.

　그런 내가 미니멀리스트를 꿈꾸는 이유는 간단하다. 대학에 합
격해 서울로 올라온 후 지금까지 이사한 것을 세보면 손가락, 발

가락을 다 동원해도 모자랄 만큼 많기 때문이다. 중간중간 외국에서 살아본 네 번의 이사를 더하고, 아직 내 집이 없는 눈물 가득한 현실을 감안하면 앞으로 내 인생에 더 몇 번의 이사가 남아 있을지 모르겠다(알고 싶지도 않다). 그렇게 최소 이 년 간격으로 이삿짐을 쌌다 풀었다, 반복하며 보낸 세월 덕분에 싫어도 미니멀리스트가 될 수밖에 없었다.

버리는 삶은 호쾌하다. 이혼할 때 그런 생각이 들었다. 아이만 빼고 결혼과 관련된 건 거의 다 버렸으니까. 딱 한 번 입고 장롱에 처박아둔 터무니없이 비싼 예복과 한복, 결혼할 때 예물로 받은, 실용성은 1도 없었던 핸드백과 결혼 앨범 등등. 버리는 데 지나치게 열중한 나머지 깨알만 한 다이아몬드 반지 증명서도 같이 버렸다. 그것만 챙겨뒀더라도 힘들 때 팔 수도 있었을 텐데.

아무튼 이제 자유다, 라는 느낌으로 죄다 버리고 이민 가방 두 개에 넣을 수 있는 짐만 꾸려서 영국에 다녀왔다. 귀국한 후 살림살이는 다시 불어나기 시작했지만, 이상하게도 이사 가는 집마다 그 전까지 멀쩡하게 잘 살던 주인이 집을 판다거나 본인이 다시 들어와 살아야 한다며 나가달라고 하는 통에 이 년 주기로 버리는 사이클이 반복됐다.

그렇게 버리는 습관을 들이면서 미니멀리즘의 교과서 같은 책들을 통해 정리 요령을 배우고 영감을 받다 보니, 집에 있는 모든 물건은 하나씩만 있어야 한다는 강박관념에 빠진 적이 있었다. 그때는 뭔가에 홀린 사람처럼 온 집 안을 헤집으며 두세 개씩 있던 국자니 가위니 하는 자잘한 물건들을 싹 버렸다. 그러다 얼마 못 가 쓰던 물건이 망가져 다시 허겁지겁 사들이며 쓸데없는 짓을 한 것 같다고 후회했고.

거기서 그쳤으면 좋으련만 그렇게 버리는 과정에서 의도치 않게 릴리에게 상처를 준 적이 있다. 영국에 갈 때 어린 릴리가 삐뚤삐뚤 써준 편지와 카드, 릴리가 준 선물들, 장난감 같은 것들은 버리고 갈 수밖에 없었다. 영국 갔다 와서 써야 할 가재도구와 전자제품을 유료 창고에 넣었는데 한 달 이용료가 눈이 튀어나올 만큼 비쌌다. 그러다 보니 심정적으로 소중한 물건들을 지킬 여유는 없었다. 릴리의 인형들만 빼고(어린 릴리도 그건 양보하지 않았다).

그렇게 버리는 습관이 들어버려서 어버이날에 받은 릴리 이용 쿠폰(설거지, 안마, 소원 들어주기 등등), 생일과 어버이날 카드, 릴리가 접어준 카네이션, 릴리의 그림들, 릴리가 용돈을 모아서 사 온 생일선물(더는 쓰지 않는)을 이사 갈 때마다 버렸다. 릴리가 몰래 섭섭해하는 줄은 꿈에도 모른 채.

나와 달리 릴리는 남이 길에 버린 물건까지 주워 오는 고약한 취미가 있는 아빠를 닮아, 방에 들어가면 언제나 한숨부터 나온다. 작은 침대 위에 갖가지 크기와 모양, 역사를 자랑하는 릴리의 인형들이 다양한 포즈로 앉아 있거나 누워 있는데, 그 틈에 간신히 몸을 눕히고 잠을 청하는 릴리를 볼 때마다 달인의 묘기를 보는 것 같다.

그게 다가 아니다. 방탄소년단의 온갖 굿즈가 방 안을 꽉 채웠고, 벽이란 벽은 방탄 포스터로 도배가 됐다. 거기다 화장대와 책상에까지 온갖 화장품 샘플들과 내가 물려준 명품(!) 립스틱들까지 욱여넣었으니 그야말로 혼돈의 카오스. 이건 그나마 애교라도 있는 수준이다. 몇 달 전에 릴리의 쟁이는 습관에 대해 이야기하다 충격적인 사실을 알게 됐다.

영국에서 돌아와 한동안 아주 작은 아파트를 빌려서 산 적이 있었다. 조류 독감이 유행했던 어느 날, 초등학교 4학년이었던 릴리가 하굣길에 아주 작은 새 한 마리가 아파트 화단 바닥에 죽어 있는 것을 봤다고 했다. 어린 동물에 대한 관심과 애정이 지극했던 릴리는 작은 새가 너무 불쌍해 그냥 둘 수 없어서, 주워 와 자기 방에 있던 보물 상자(주석으로 만든 쿠키 상자) 안에 손수건으로 싸서 고이 넣어두었다고 한다. 그리고… 릴리가 하는 말. "근데 새는 나중에 어떻게 됐더라? 기억이 안 나."

그 말을 듣는 순간 나도 모르게 "으악!" 소리가 나왔다. 대체 그 죽은 새는 어디 갔을까? 나는 왜 그동안 릴리 방에 죽은 새가 고이 모셔져 있다는 것도 몰랐지? 릴리는 한참 기억을 더듬어보다 잦은 이사로 그 상자가 어느 틈에 없어졌다고 했지만. 이제 와 생각해도 소름이 오소소 돋는다.

이렇게 미니멀리스트 엄마와 호더 딸의 동거는 필연적으로 충돌을 낳기 마련이다. 몇 년 전 릴리가 어버이날 선물로 뭘 받고 싶은지 물어본 적이 있었다. 당시 TV 홈쇼핑에서 소파 앞에 두는 스탠드형 트레이를 팔았는데, 무척 편리해 보여서 그걸 사달라고 했다. 인터넷으로 검색해보고 이만 원이 채 되지 않는 걸 알자 릴리는 기꺼이 콜을 외쳤다. 며칠 후 배달된 트레이는 TV에서 보던 것과 달리 하루 종일 술에 절어 있는 주정뱅이처럼 다리가 후들거렸다. 딸의 선물이니 고맙게 받았는데 그 후에 일이 터졌다.

우리 집에 놀러온 지인이 그 트레이의 조잡함에 놀라 좀 더 튼튼하고 그럴싸한 트레이를 사서 선물한 것이다. 두 번째 트레이가

집에 왔을 때 소파 앞에 놓아보고 무심코 중얼거렸다. "집에 같은 물건이 두 개나 있을 필요가 없지. 저건 흔들거리니 버려야겠다."

그때 옆에 있던 릴리의 얼굴이 일그러졌다. "꼭 그렇게 다 버려야 해? 같은 물건이 두 개 있으면 뭐가 어때!" 그러더니 버럭 신경질을 내며 가버렸다. 어안이 벙벙해진 나는 뒤늦게 깨달았다. 그건 릴리의 선물이었는데….

결론부터 말하면 지금 우리 집 소파 앞에는 튼실한 트레이와 덜렁이 트레이 형제가 있다. 그동안 몸에 익은 습관 때문에 두 개의 트레이를 볼 때마다 머릿속에서 지진이 나지만, 영웅적으로 참고 있다. 그 일로 아직까지 릴리에게 미안하다는 사과는 정식으로 하지 못하고 네가 준 선물들을 잘 쓰고 있다는 걸 은근히 어필하며 간접적으로 사과했다.

하지만 나는 아직도 은밀한 꿈을 꾸고 있다. 릴리가 외국에 나가면 스무 살이 되어가는 저 수많은 인형들을 조용히, 하나씩 릴리 모르게 보내줄 계획을 세우며 조용히 웃고 있다. 방학 때 집에 올 릴리가 눈치채지 못하게 하나씩, 천천히 떠나보낼 그날을….

나이가 들어가고, 밥벌이로 하는 번역도 어느 정도 경력이 쌓여 어느덧 '중견' 위치가 되니 내게 시의적절한 조언이나 비판을 해 주는 사람들이 점점 줄어든다. 물론 원하지도, 청하지도, 필요하지도 않은데 가끔 훅 들어와서 무방비 상태인 내게 막무가내로 조언을 날리는 사람도 있다. 그런 조언이란 대체로 상황을 잘 알지도 못하면서 제멋에 취해 하는 경우가 태반이다. 그럴 때면 평소 좋은 게 좋은 거지, 라는 넉넉한(이라고 쓰고 비굴하다고 읽는다) 마음의 소유자인 나조차도 나비처럼 날아 벌처럼 쏘아서 한 칼에 퇴치한다.

아무리 연식이 늘어간다고 해도, 나도 잘못할 때가 있다. 심지어 연식이 늘어가면서 생기는 편견들도 있다. 그럴 때 "그건 아니지!"라고 바로잡아주는 사람이 있어야 하는데 그런 불편한 말을 선뜻 해주는 사람은 점점 줄어든다. 다행스럽게도 내게는 그런 엄격한 충신 같은 존재가 항상 옆에 있었다. 내가 좀 더 일찍 알아차리지 못했을 뿐.

처음 알아차린 건 릴리가 고등학교 2학년 때였다. 내가 사는 도시는 복지 체제와 대민 행정이 상당히 잘 운영되는 편이라 대체로 만족하며 고맙게 살아가고 있다. 릴리가 중학교에 다닐 때까지는 의무교육이라 돈 걱정은 하지 않고 학교를 보냈는데, 고등학교부터는 때마다 내야 하는 급식비와 수업료 부담이 만만치 않았다. 어떻게든 마련해서 꾸역꾸역 내고 있었는데 드디어 급식비가 무료가 됐다는 소식이 날아들었다.

토요일이라 모처럼 같이 아침밥을 먹고 있는데 릴리가 별일 아니라는 듯 심드렁한 표정으로 말했다. "아, 참! 우리 급식비 이제 안 내도 된대." 릴리는 학교에서 선생님이 주시는 갖가지 공문과 설문지를 절대 전달하지 않는 버릇이 있다. 본인 말로는 항상 잊어버려서라고 하는데 "어머니, 설문지를 릴리가 아직까지 제출하지 않아서요. 빨리 좀 보내주세요"라는 담임쌤의 문자를 매번 받는 나로서는 그럴 때마다 릴리에게 열이 받는다. 정신을 대체 어디에 놔두고 다니는 거야!

아무튼 급식비가 무료라는 공문은 받지 못했지만 본인이 이렇게 말해주니 기쁘기도 하고 한편으로 아쉽기도 해서 나도 모르게 중얼거렸다. "아, 좋기는 한데 기왕이면 좀 일찍 해줬으면 얼마나 좋아."

내 푸념을 들은 릴리가 갑자기 수저를 내려놓고 진지하게 꾸짖었다. "아니, 이제라도 무료로 해주면 고맙습니다, 해야지. 그게 무슨 말이야."

순간 뜨끔했다. '세상에 당연한 건 없다. 매사에 고맙고 감사하게 여기는 마음을 가지고 살아야 한다'고 세뇌하듯 가르쳐놓고 그만 깜박한 것이다. '너도 때마다 목돈을 만들어야 하는 내 입장도 좀 생각해봐. 돈 벌기가 그렇게 쉬운 줄 아니?'라는 말이 목구멍까지 올라왔지만 꾹 눌러 참고 대답했다. "그래, 내 생각이 짧았어." 그렇게 조용히 패배를 인정하고 있는데 순간 릴리의 바른말 시전 역사가 떠올랐다.

그 역사란 이런 것이다. 릴리가 세계사와 역사를 너무 몰라서 (물론 그것만 그런 건 아니지만) 어느 일요일 아침에 TV 앞에 앉히고 같이 역사 강연 프로그램을 봤다. 일본과 한국 역사에 대한 내용이었는데, 릴리에게 중간중간 설명하다 보니 나도 모르게 두 주먹을 불끈 쥐고 과거에 일본이 저지른 만행을 규탄하고 있었다. 감정이 격양돼서 일본은 정말 나쁜 나라고, 국민성이 잔인하기 짝이 없다며 한참 성토하고 있는데….

말없이 조용히 듣고 있던 릴리가 반문했다. "그런데 일본이 나쁜 짓을 하긴 했는데 그런 힘과 영향력이 생긴다면 어떤 나라건 그렇게 하지 않았을까?" 그 말을 들은 순간 내가 열폭하고 있었다는 사실을 깨달았다. 그리고 그렇게 다르게 생각할 수 있는 릴리의 말에 놀랐다.

릴리는 자신이 생각하기에 비합리적이거나, 편견에 차 있거나, 헛된 망상에 빠져 허우적거리고 있다고 생각하면 언제나 나를 현실로 끌어내려준다. 엄마라고 봐주지 않는다.

재테크 공부에 빠져서 경제 공부의 필요성을 역설하며, 너도 대입 시험이 끝나면 경제 공부를 해야 한다고 열변을 토했을 때 릴리는 지극히 침착한(그리고 얄미운) 표정으로 말했다. "엄마가 집을 사면 내가 경제 공부를 할게. 집 산다고 하고 안 산 지가 벌써 몇 년째야. 재테크에 성공해서 집을 사면 나도 인정하고 경제 공부를 시작할게." 끄응… 나도 집을 사고 싶지만 매번 전세금을 올려줄 정도로만 돈이 모이니 어떡하라고.

나도 당하고 살 수만은 없어서 릴리에게 언제나 팩트를 때린다. 생각해보니 팩트로 때리는 건 내가 먼저 시작했고, 릴리가 그에 복수하고 있는 일종의 팩트 전쟁을 우리는 벌이고 있다.

모처럼 헤어스타일을 바꾸고 싶어서 동그란 단발로 잘랐다. 어떤지 물어보니 "버섯처럼 보여"라고 하는 릴리. 큰마음 먹고 장만한 연녹색 겨울 코트를 입고 떨리는 마음으로 감상을 물었다. "시금치 같아"라고 예의 그 냉정한 목소리로 말하는 릴리.

나도 반격을 가한다. "요즘 나 살찐 것 같지 않아?"라고 릴리가 물어보면 "어. 얼굴이 너무 똥그래서 터질 것 같아. 우리 집에 보름달이 뜬 줄 알았지 뭐야"라고 대꾸해준다. 인터넷에서 주문한 검정 티를 입고 나와서 "어때?"라고 감상을 물어보면 "검은 포대 같아"라고 솔직하게 대답해준다. 물론 버섯 같다고 해도 나는 새로 자른 머리가 마음에 들고, 내가 포대라고 비평해도 릴리는 그 까만 티를 열심히 입고 다닌다.

우리의 팩트 전쟁은 같이 사는 한 끝나지 않겠지. 예의상 혹은 사회적 친분으로 또는 개인적 악의로 타인이 내게 말해주지 않는 진실을 전해주는 사람이 있다는 건 꽤 든든하다. 그 사람이 가혹하고 아프고 불편한 진실을 말해도 기분이 나쁘지 않다. 좋다고 해주면 남이 하는 의례적인 칭찬보다 백배는 더 믿음이 간다. 기분이 얼마나 좋아지는지 모른다. 이렇게 가차 없는 팩트를 날려주는 동거인이 곁에 있다는 건 인생이란 전쟁에서 천군만마를 얻은 것과도 같다는 걸, 사람들은 알까.

너 는
네 가
돼

릴리가 초등학교에 입학한 이후로 학년 초마다 똑같은 고민을 해왔다. 고민이라 하기에 민망할 정도로 사소하지만 그래도 아이가 준 설문지를 읽을 때마다 매번 난감했다. 가정환경과 장래희망을 묻는 설문지에 항상 따라오는 질문, 바로 부모가 바라는 아이의 직업은 뭐냐는 것이다. 대체 왜 그런 질문을 하는지 이해할 수 없었다.

부모가 바라는 직업과 아이가 바라는 것이 다를 경우에 학교에서 나서서 중재라도 해주려는 건가? 이런 추측도 해봤지만, 그럴리가. 솔직하게 내 마음대로 써도 된다면 그 빈칸에 '재벌!'이라 쓰고 싶지만 그러면 선생님께 장난하느냐고 혼날 것 같아 "아이가 원하는 일을 저도 원합니다"라고 매번 소심하고 진부한 멘트를 써서 보냈다.

릴리가 원하는 일은 뭘까? 릴리는 대부분의 아이들이 그렇듯 다양한 변천사를 거쳤다. 처음에는 나로서는 굉장히 실망스럽고 무섭게도 작가였다. 엄마가 매일 책을 읽고 글을 쓰는 모습을 지켜보며 자라서일까? 일찍부터 독서에 재미를 붙인 릴리는 재미있는 이야기를 쓰고 싶다고 했다.

평소엔 쿨한 척하던 나는 본심을 속일 수 없어 일단 그 꿈에 제동을 걸었다. "작가는 좋지만 작가만 했다간 완전 굶어 죽어. 꼭 작가가 되고 싶다면 글은 글대로 쓰고 생활비를 벌 수 있는 다른 직업을 가져." 이것은 책동네에서 일하면서 만난 무수한 작가들을 통해 알게 된 어쩔 수 없는 현실이기도 했다. (번역가들은 자조적으로 자신의 작업을 구슬 꿰기라고 하는데, 전업 작가는 대체 뭐라고 표현해야 할지…) 그래도 구슬을 매일매일 열심히 꿰어 원고를 넘기면 생활비가 나오는 번역과 달리, 책은 쓰면 쓸수록 가난해질 수도 있다는 걸 뼈저리게 경험한 이유도 있다.

작가의 꿈을 반대하는 데는 다른 이유도 있었다. 글을 쓰다 보면 자신의 재능에 회의를 가지게 되며(재능의 유무는 차치하고라도),

그러다 보면 근본적으로 자신의 가치를 부정하게 되는 순간이 종종 온다. 이 글이 잘 쓴 글일까, 나는 잘 쓰고 있는 것일까. 누가 내 글을 읽어줄까? 세상에 내놓을 만한 가치가 있는 글일까? 이런 온갖 번민에 시달리며 유리 멘탈로 변해가는 작가들을 많이 봤고, 나도 글을 쓰면서 그렇지 않아도 한없이 아까운 머리숱이 한 움큼씩 빠지곤 했다.

사랑하는 딸이 그렇게 사는 모습을 보고 싶진 않았다. 평생을 프리랜서로 생활에 대한 불안에 시달리며 살아온 나와 달리, 릴리는 일정한 시간에 출근했다 정해진 시간에 퇴근하는 단단한 생활을 하길 원했다. 퇴근하면 일 생각은 까맣게 잊고 자신이 좋아하는 취미를 즐기거나, 좋아하는 사람과 만나 즐거운 시간을 보내거나, 집에 가서 뒹굴뒹굴 푹 쉬기를 원했다. 자신을 소모하지 않고 방전되지 않고 건강하게 살아가길 바라는 마음이었다. 평생 나를 관리하고 통제해야만 살 수 있는 프리랜서이자 작가라니, 내 악몽이 재현되는 것 같아 끔찍했다.

나의 노골적인 반대에 부딪힌 릴리는 아나운서를 해볼까, 하는 말로 내 마음을 사정없이 흔들어놓더니(사실 내 장래희망이 아나운서였다…) 그다음엔 웹소설 작가가 되고 싶어 했다. 나는 또다시 "그런 소설을 쓰기에 넌 너무 어리고 아는 게 없잖아!"라고 설득하며 좀 더 크고 공부도 더 많이 한 후에 쓰라고 단념시켰다. 그러다 된통 후회하는 일을 겪게 되리라는 것은 모른 채.

몇 년 후 담당 편집자와 홍대 카페에서 만나 앞으로 나올 책에 대해 이야기를 나누다 놀라운 정보를 들었다. 전에 한 인터넷 서점에서 웹소설 편집자로 일했다는 그녀는, 자신이 담당한 웹소설 작가들 중에서도 가장 잘나가는 십 대 작가들은 대부분 맞춤법도 자주 틀리고 외계어 같은 비문도 무수히 많았다고 했다. 그래서 자신을 비롯한 편집자들이 정성스럽게 교정을 봐서 사이트에 올렸더니 곧바로 구독률이 수직 낙하했다고. 어쩔 수 없이 글을 그대로 올렸더니 천만다행으로 원래 구독률로 돌아왔다나.

그렇게 엄마 손을 잡고 회사에 와서 계약서를 쓴 어린 작가들이 한 달에 벌어가는 돈이 몇천만 원이 넘는다는 말을 듣고 경악했다. 그리고 마음속으로 무릎 꿇고 릴리에게 사죄했다. '릴리야, 미안하다. 엄마가 무지해서 창창한 앞길을 막았구나. 돌이켜보니 네가 그때 썼다고 보여준 습작 소설들 나름 신선했는데….' 안타깝게도 이제 웹소설 작가는 생각이 없단다.

그렇게 릴리는 여러 가지 꿈들을 상상하면서, 사실은 자신이 뭘 원하는지도 잘 모르는 방황의 시절을 보내다 이런 망언을 하기도 했다. 사춘기의 반항이 절정에 달한 중2 때, 아르바이트를 하며 평생을 살아도(그러니까 적당히 놀고먹으면서) 괜찮겠다고 한 것이다. 아무리 우리나라 중2들이 무서워서 북한군이 쳐들어오지 않는다지만, 그때는 나도 빡쳐서 이성을 잃고 말았다. "내가 고작 널 알바생으로 키우려고 이 고생을 한 줄 알아! 도대체 생각이란 게 있어, 없어?"

릴리는 내 분노에 찬 절규를 듣다가 대꾸도 없이 제 방으로 쏙 들어가버렸다. 그 후 한동안 릴리의 미래에 관한 이야기는 우리 사이에 금기 사항이었다.

그러다 나의 엄마, 그러니까 릴리의 외할머니가 고관절 수술로 병원에 입원하셨던 적이 있었다. 마침 방학이고 공부와는 별로 친하지 않았던 릴리가 낮에 간병을 맡았다. 다정하고 싹싹하게 간호하는 릴리는 병실 할머니들 사이에서 인기 폭발이었다. 할머니가 퇴원하고 얼마 후 릴리는 의사가 되겠다고 선언했다. 할머니 병간호를 하면서 깨달았는데 사람들을 돌보고 보살피는 일이 좋고 적성에 잘 맞는 것 같다나.

와, 드디어 나에게도 평생 알바로 놀고먹는 딸이 아닌 의사 딸이 생기는 건가? 할렐루야! 물론 릴리의 학교 성적이 바닥을 깔아주는 수준이며, 평소 릴리가 절망적으로 덜렁대는 데다 손을 대는 물건이나 기계는 죄다 부서지거나 고장이 나는 기이한 능력이 있다는 사실을 잠시 모른 척한 채 마냥 행복했다. 그 후로 릴리가 의대에 가겠다고 공부한 이 년 동안 실수로 의료사고를 일으키는 무시무시한 상상을 하며 가끔 식은땀을 흘렸지만….

여기서 끝이 아니다. 중간에 몇 가지 현실적인 문제(주로 성적이지만)로 의대가 아닌 심리학과로 목표를 바꿨다(릴리가 의료사고라도 일으킬까 봐 노심초사하던 나는 비로소 안도했다). 애초에 정신과 의사가 되고 싶었으니 방향이 크게 달라진 건 아니다. 릴리는 마음이 아픈 사람들, 그중에서도 기왕이면 아이들을 돕고 싶다고 했다. 그런 릴리의 얼굴이 무척 편안해 보여 나는 무조건 응원하겠다고 했다.

내가 바라는 릴리의 꿈은 뭘까? 물론 아직도 릴리가 '재벌'이됐으면 좋겠다는 마음은 몰래 간직하고 있다(꿈은 꾸라고 있는 거잖습니까). 다만 릴리도 재벌 엄마를 바라는 마음은 같을 테니 공평하게 나만의 비밀로 하고.

소설 『붕대 감기』에서 릴리에 대한 내 마음과 백 퍼센트 일치

하는 말을 발견해서 반가운 마음에 옮겨본다. "사랑하는 딸. 너는 네가 되렴. 너는 분명히 아주 강하고 당당하고 용감한 사람이 될 거고 엄마는 온 힘을 다해 그걸 응원해줄 거란다."•

나 역시 릴리가 '릴리가 되기를' 바란다. 내가 바라는 릴리가 아니라 '자신이 바라는 자신'이 되기를. 다만 뭘 해도 좋으니 어지간하면 전업 작가는 하지 않기를 간절히 기도하며, 아멘.

• 『붕대 감기』, 윤이형 지음, 작가정신, 68페이지에서 인용

우리 각자
어디선가
안녕하길

서재에서 일을 하고 있는데 현관에서 띠띠띠띠 소리가 난다. 릴리가 방에서 공부하고 있으니, 남은 사람은 엄마. 현관문을 열고 들어오는 사람은 나의 엄마다. 서울에 사시는 엄마는 늙어가는 딸과 눈에 넣어도 안 아플 손녀를 위해 종종 망원동 시장에 들러 과일을 사 가지고 일산까지 오신다. 어느 날은 손녀가 좋아하는 샤인머스캣을 한 상자 사서 카트에 넣고 끌고 오셨다. 시장이 없는 일산은 뭐든 비싸다며, 하나라도 더 먹이고 싶은 마음에 카트를 끌면서 지하철을 타고 오는 엄마. 어렸을 땐 몰랐는데 엄마가 되고 보니 내가 주는 걸 자식이 맛있게 먹는 모습을 볼 때가 가장 행복함을 깨달았다.

그날 엄마는 샤인머스캣을 하나 깨끗하게 씻어서 식탁에 놓고, 나머지 두 송이는 온갖 반찬과 고기, 먹다 남은 음식들이 쌓여 엉망이 된 냉장고 속을 깔끔하게 정리한 후 넣었다. 그리고 화장실에 들어갔는데 중얼중얼 말소리가 들렸다. 내게 하는 말인 줄 알고 대꾸를 하려다 보니 누군가와 통화 중이었다.

대체 누굴까? 통화를 하고 나오는 엄마에게 "누구야?" 하고 물었더니 엄마가 "누구겠니? 네 아빠지" 한다. 그 말을 듣자 한숨이 나왔지만 그래도 습관처럼 물었다. "무슨 일이래?" 그러자 엄마의 대답이 걸작이었다. "자기 막내딸이 코로나 때문에 일을 못 나가서 속상하다고 하소연을 하지 뭐냐."

아이고, 정말이지 주책 대마왕! 이혼한 전처에게 재혼해서 낳은 자식들 이야기를 그렇게 하고 싶을까. 이건 주책을 떠나서 인간적인 예의의 문제가 아닌가 싶지만, 하루 이틀 당해본 게 아니라서 이젠 그러려니 한다. 아마 아빠는 통화 시간 십 분 중에서 구분 정도는 막내딸에 대한 하소연을 하고, 나머지 일 분 정도 양념을 치듯 나와 동생의 안부를 물었겠지. 엄마는 토씨 하나 안 바꾸고 매번 하는, 다들 그럭저럭 지낸다는 대답을 했을 것이다.

세상엔 참 이상한 아빠들이 많지만 나의 아빠도 그중 톱 텐 정도에는 너끈히 들어갈 사람이다. 내가 대학교 졸업할 때까지 학비한 번을 보태주지 않았으면서 가끔 전화해 '재혼한 가족들과 여행을 다녀왔다, 무슨 호텔에 가서 뭘 먹었다'는 소리를 하곤 했다. 언젠가는 혼자서 이리 뛰고 저리 뛰면서 나와 동생 학비를 대는 엄마가 너무 안쓰러워 한 번만 학비를 대달라고 했더니 못 들은 척해서(통화로) 그간 참았던 울화가 폭발해 다다다다 퍼붓고 연락을 끊었다.

그 후 몇 년간 연락이 끊겼다가 내가 결혼하면서 다시 연락하게 됐다. 뻔뻔하고 주책없는 아빠. 그래도 나이가 들면서 조금 철이 들었는지 해마다 나와 동생에게 농사지은 쌀과 감을 보내주신다. 물론 그때마다 전화해서 온갖 생색을 다 내지만. 미워하면서도 크게 미워할 수 없고, 화가 나면서도 어처구니없는, 그런 인연이다.

그런 아빠가 엄마에게(나와 동생은 전화해도 잘 안 받으니까 엄마에게 한다) 전화를 해서 우리의 안부를 물어볼 때마다 엄마는 매정하게 끊어버리지 않고 이런저런 대답을 해준다. 한때 사랑해서 두 아이를 낳았지만 헤어져서 남이 된 사람. 그러나 두 아이를 낳았다는 인연 때문에 친구도 아니면서 철마다 한 번씩 통화를 하고 지내는 두 사람을 보면 기분이 묘했다.

언젠가 엄마에게 물어본 적이 있다.

"뭘 그렇게 전화를 꼬박꼬박 받아줘. 아빠가 밉지도 않아?"

"뭐 이제는 밉고 자시고 할 것도 없다. 그리고 저렇게라도 잘 지내야 너희들도 부담 없이 살아갈 수 있잖아. 아빠가 못살면 그것도 골치 아파. 난 그게 고맙다."

그때는 엄마의 대답을 이해할 듯 말 듯했는데, 어느 날 릴리와 릴리 아빠를 생각해보니 엄마의 마음을 알 것 같았다. 릴리 아빠와 나 역시 좋아서 결혼했고, 좋아서 아이를 낳았지만 결국 헤어졌다. 그러나 헤어져도 아이가 있으니 영원한 남남이 되기가 이토록 힘들다. 아이가 아플 때, 졸업할 때, 생일 때 아이를 위해서 연락하게 되고, 아이의 마음이 고통스럽지 않게 그가 기왕이면 잘 지내길 빈다. 그렇다고 너무 잘 지내면 약 오르겠지만, 그래도 서로 마음 편할 정도로는 잘 지내길 비는 마음.

어느 날 릴리도 오래전 내가 엄마에게 했던 것과 같은 질문을 했다.

"아빠가 밉지 않아?"

"이젠 뭐 딱히 밉지 않아. 아빠가 개과천선한 건 너도 알잖아.

노력하는 자세는 좋은 거지."

내 답을 듣고 릴리는 고개를 끄덕였다.

재혼해서 두 아이를 낳고 고향에서 잘 살고 있지만 그래도 가끔은 나와 동생이 걱정돼 연락하는 주책바가지 아빠. 그래도 우리를 잊지 않고 연락하며 쌀과 감을 보내주는 아빠가 인간적으로 용서되는 엄마.

미워서 헤어졌지만 아이 아빠로서 책임을 다하는 건 고맙고, 그래서 잘 지냈으면 하고 바라게 되는 릴리 아빠. 그리고 릴리와 알콩달콩 살아가며 릴리가 독립할 때를 위해 또 다른 내일을 준비하는 나.

우리는 이렇게 각자 다른 곳에서 다른 모습으로 안녕하게 살아가고 있다. 더 이상 가족이란 끈으로 이어져 있지 않지만 그래도 기왕이면 상대가 잘 지냈으면 싶은 마음. 이렇게 사는 것도 그리 나쁘진 않다는 생각이 든다. 이 넓은 우주에서 그래도 서로가 잘되기를 바란다. 미워하지 않는다. 원망하지도 않는다. 이것도 관계의 한 방식이니까.

즐거운
우리
집

'우리 집'이라고 하면 떠오르는 곳은 단 하나. 오랫동안 살던 고향 집이다. 거기서 태어나지는 않고 대여섯 살 무렵부터 살았는데, 오래전이라 기억이 가물가물하다. 하지만 장작으로 불을 때는 아궁이, 마루로 나와 댓돌 밑에 있는 신발을 신고 집 옆으로 돌아가야 나오는 구식 부엌은 어렴풋이 생각이 난다. 어른들에게 야단맞고 혼자 훌쩍훌쩍 울면서 부엌 아궁이 옆에 앉아 타오르는 불을 바라보았던 것도 기억이 난다. 그렇게 고색창연했던 집은 산 지 일 년 정도 지나 대대적으로 수리를 했다.

요즘 말로 하면 리모델링을 거쳐서 당시 선풍적인 인기를 끌었던 입식 부엌에 수세식 화장실을 놓고, 질감이 거칠거칠하던 마루도 다시 깔고, 안방을 크게 내고(어린 눈에는 거대해 보였다), 양옆으로는 작은 방을 하나씩 만들어서 몰라보게 변신했다. 전에 있던 다락이 없어져서 좀 아쉬웠지만, 밤마다 거기서 달리기하던 쥐들의 발소리를 듣지 않아도 되는 건 좋았다.

소담한 단독주택이지만 있을 건 다 있었다. 마당에는 수돗가가 있어서 밖에서 신나게 놀고 들어오면 일단 거기서 발을 씻고 마루로 올라가야 했다. 비가 온 다음 날이면 등에 빨간 점이 있는 개구리가 수돗가에 앉아 있다가 날 빤히 바라봐서 놀란 적도 몇 번 있다.

외할머니는 수돗가 옆에 감나무를 한 그루 심으셨다. 나와 동생 그리고 사정이 있어 같이 살던 사촌 동생은 언제쯤 거기서 감이 열려 따 먹을 수 있는지 물어보곤 했다. 할머니는 너희들이 시집 장가갈 때쯤이라고 대답해주셨는데, 실제로는 내가 서울로 대학을 가고 난 후 깜짝 놀랄 만큼 다디단 단감이 열리기 시작했다.

수돗가가 내다보이는 방은 내가 차지했다. 장녀라서 얻은 특권이었을 것이다. 거기다 몇 달 동안 조르고 졸라 침대와 책상, 하얀 타원형의 거울, 피아노를 들이자 만화에 나오는 완벽한 소녀의 방이 됐다. 물론 나는 완벽한 소녀가 아니었지만. 수돗가를 마주 보는 꽃밭에서는 장미와 동백꽃이 자랐다. 어느 날 인부들이 와서 미니 연못을 팠고, 그로부터 몇 달 뒤에는 집에서 노는 우리를 위해 마당에 그네도 달았다. 마당 한구석에는 창고가 있었고, 창고 옆 계단으로 올라가면 빨랫줄과 반질반질한 갈색 장독들이 줄줄이 늘어선 옥상이 있었다.

먼지가 뭉텅이로 굴러다니고, 온갖 잡동사니들이 쌓여 있지만 어딘가 신비로웠던 다락방이 사라지자 우리는 옥상으로 올라가 놀았다. 바람 부는 날에는 그네를 타고, 연못에 빠져 둥둥 떠다니는 벌레들을 관찰했다. 꽃밭 옆에서 아이들과 냇가에서 주워 온 돌로 공기놀이를 하고, 눈 오는 날이면 내 방 창문에서 그 눈을 처연하게 맞고 있는 빨간 동백을 보며 곱고 슬픈 풍경이라고 생각했다. 영화 〈일일시호일〉에서 다도 선생님 집의 창밖으로 보이는, 사계절이 뚜렷하게 드러나는 근사한 정원만큼은 아니겠지만, 우리 꽃밭도 계절마다 색깔을 달리하며 그 매력을 뽐냈다.

그 집은 어린 우리가 자라는 모습을 지켜봤다. 루비, 보비, 하양이, 승희(언제나 우리 집에서 키우는 모든 생명의 이름은 할머니가 지어주셨다. 왜 그렇게 지었는지는 아무도 모른다)라는 이름의 개, 고양이 들과 닭 한 마리가 와서 한동안 우리와 어울리다가 사라지거나 혹은 팔려가는 모습도 봤다.

엄마는 일거리를 찾아, 나는 대학에 합격해서 그 집을 떠났다. 몇 년 더 있다가는 동생마저 서울로 올라왔다. 그 후에도 외할머니는 계속 그 집에서 사시다 결국 치매 때문에 요양원에서 돌아가셨다. 우리 가족의 운명의 부침을 오랫동안 지켜본 그 집은 결국 팔렸고, 더 이상 우리 집이 아니게 됐다. 그래도 '우리 집'이라는 말을 볼 때면 항상 그곳이 떠오른다.

릴리에게 집이란 처음부터 아파트였고, 언제나 아파트였다. 서울에서 이런저런 아파트로 이사 다니다, 일산에 와서 이름은 같고 동만 다른 아파트를 옮겨 다니며 살아온 릴리에게 나처럼 '우리 집'이라는 특별한 느낌을 주는 곳은 없다. 릴리를 생각할 때면 항상 미안하게 느껴지는 지점이 바로 그것이다.

생각해보면 릴리의 삶에도 한 군데 특별한 집은 있었다. 영국에 가서 친한 언니와 함께 살았던 시절, 그 언니의 집이 릴리에게는 특별한 기억일지도 모르겠다.

'플랫'이라고 하는 그 집은 우리 식으로 말하면 연립 주택이었다. 독립된 세 세대의 집이 나란히 붙어 있었고, 우리 집은 가장 왼쪽이었다. 잔디가 우거진 작은 마당과 울타리가 한쪽으로 있었고,

앞쪽엔 차 두 대를 세울 수 있는 주차장이 있었다. 집은 좁고 긴 이 층으로, 복도는 두 사람이 같이 지나갈 수 없을 정도로 좁았다. 일층에는 거실과 부엌과 화장실이, 이 층에는 화장실 두 개와 아주 작은 방 세 개가 있었는데 릴리와 나는 화장실이 딸린 방에서 일 년 반 정도 살았다.

아주 길고 좁은 옷장 하나, 내가 일할 책과 노트북이 있는 작은 테이블 하나, 서랍장 하나면 꽉 차버리는 그 작은 방을 릴리는 좋아했다. 아마도 계단을 오르내릴 수 있는 이층집에서 사는 게 마음에 들었나 보다.

아래층 거실에 가면 이모와 이모부, 동갑내기 친구, 그리고 아주 잘생긴 고양이 단오가 있어서 언제든 같이 놀았다. 주말이면 잔디밭 마당에서 종종 바비큐 파티도 하고, 이모부와 친구랑 함께 동네 축구장에 가서 노는 생활이 즐거웠는지도 모르겠다. 거실 창문을 열어놓으면, 동네 길냥이들이 맛있는 사료가 가득한 단오의 밥그릇을 노리고 왔다가 우리에게 들키기도 했다.

그런 영국 생활을 마치고 다시 아파트 생활을 하게 된 릴리. 나의 유년 시절처럼 감나무와 옥상, 꽃밭이 있는 집을 만들어주고 싶었지만 결국 릴리는 그런 집에서 한번도 살아보지 못했다. 릴리가 대학에 가면 방학에나 오게 될 집은 어떤 모습일까? 그때쯤이면 이제는 정말 내 집이구나, 라고 생각할 수 있는 곳이 생겼으면 좋겠다.

돌이켜보면 힘든 서울 생활에 지치고 영혼이 피폐해지다가도 방학 때 고향 집에 내려가면 마음이 편안해졌다. 어떤 일이 있어도, 어떤 사고를 쳐도 이 집은 나를 지켜주고, 기다려주고, 품어줄 거란 믿음이 있었다. 언제나 엄마와 송이가 반가운 마음으로 기다려주는 집. 릴리에게 그런 집이 생길까?

전세 기한이 끝나면 다시 이사를 가야 할지도 모른다. 나는 릴리에게 어떤 집이 좋겠냐고 물었다. 그러자 의외로 심플한 대답이 날아왔다. 친구들과 만나기 좋은 쇼핑몰이 근처에 있는 지금 아파트가 좋다고. 지금까지 우리 둘이 단출하게 살아왔고, 앞으론 엄마 혼자 주로 있을 테니 크지 않았으면 좋겠고, 기왕이면 너무 낡지 않았으면 좋겠다고. 아무래도 내가 생각하는 집과 네가 생각하는 집은 좀 거리가 있는 것 같긴 하네.

유 리 병
프 로 젝 트

그해 여름은 정말이지 징글징글하게 더웠다. 사방이 찜질방처럼 절절 끓었고, 매일 폭염 기록을 갱신한다는 뉴스가 지치지도 않고 나왔다. 온몸에 털을 두른 고양이 송이는 집 안에서 조금이라도 시원한 곳(그런 곳이 있을 리 만무하지만)을 찾아 송이답지 않게 부지런을 떨다 지쳐 나가떨어지곤 했다.

　더위가 한창 기세를 더할 즈음 방학이 시작됐지만 더워도 돈은 벌어야 먹고사니 독서실을 끊어서 매일 출근했다. 릴리도 나처럼 학원과 독서실의 에어컨에 의지했지만 하루 종일 난민처럼 밖을 떠돌 수는 없는 일. 나는 북극처럼 추운 독서실에서 덜덜 떨다 해가 지면 집으로 돌아왔고, 역시 학원과 독서실을 시계추처럼 오가던 릴리도 돌아왔다.

그렇게 한낮의 열기를 보물처럼 품고 있는 거실 소파에 앉아 에어컨이라도 틀라 치면 삼십 분도 지나지 않아서 귀청이 떨어지는 듯한 관리실 방송이 흘러나왔다. 워낙 오래된 아파트라, 밤이 돼서 집에 온 사람들이 다 에어컨을 틀어대면 정전이 되기 일쑤니 제발 에어컨을 꺼달라는 읍소였다. 우린 이제 막 틀었다고 항의하고 싶었지만 어쩔 수 없었다.

그렇게 뜨거운 여름의 한복판에서 우린 어느새 거실에 이부자리를 펴고 자게 됐다. 거실에서 잠깐이라도 에어컨을 틀어 더위를 쫓은 틈에 요리조리 도망치는 잠을 잡아 청해보자는 마음이었다. 그렇게 거실 문과 창문을 다 닫고 에어컨을 삼십 분 정도 틀면 좀 서늘해지다가도 에어컨을 끄면 여지없이 후끈해졌다. 그러면 다시 틀고, 이런 식으로 우리는 좀처럼 잠을 이루지 못했다.

거실 문을 열어놓고 자고 싶지만 길가에 있는 집이라 지나가는 차 소리가 너무나도 우렁차게 우리의 수면을 방해한다. 이렇게 한참 악전고투하던 어느 밤, 불판 위의 붕어빵처럼 그날도 쉬지 않고 뒤척이고 있는데 어둠 속에서 갑자기 릴리의 목소리가 들렸다.

"여름 싫어! 너무 싫어! 진짜 너무 싫어!"

순간 더위와 불면에 지쳐 기진맥진했던 나도 그만 소리를 지르고 말았다. "지금 쪽방에서 선풍기 하나 붙들고 있는 사람들을 생각해. 그 사람들은 얼마나 덥겠어!" 그 한마디에 릴리는 입을 다물었다.

유달리 더위에 약한 아이를 달래주지는 못하고 야단이나 치다니, 뒤늦게 후회도 했지만. 그래도… 제 손톱 밑의 아픔만 최고라 생각하며 악쓰는 사람으로는 키우고 싶지 않다는 마음이 후회하는 마음을 이겼다. 그날 밤은 아주 오랫동안 잠을 이루지 못했다.

릴리에겐 다행일지 모르겠는데 나는 학교 다녔을 때 공부를 썩 잘하는 편은 아니었다. 머리도 그저 그랬고, 문제 하나 틀리면 이를 갈고 스스로에게 분해하며 문제를 풀고 또 푸는 악바리 근성도 없었다. 주위에 공부 잘하는 친구들이 정말 많았는데, 대부분 그렇게 점수에 목숨을 거는 모습을 보며 나와는 사는 세계 자체가 다르다고 생각했다.

그래서 릴리에게 공부를 잘하란 요구나 기대는 하지 않았다. 오히려 지금까지 전 생애를 통틀어 백점은 딱 한 번 맞은(중학교에 입학해서 처음 본 영어 시험이었다) 나와 달리, 릴리는 초등학교에 들어가서 별다르게 공부를 시키지 않아도 자주 백점을 받아와 신기했다. 물론 그 후로 사춘기라는 암흑기가 시작됐지만⋯.

나도 못한 공부를 아이에게 잘하라고 요구하는 건 공정하지 않은 듯해서 성적으로 스트레스를 준 적은 없다. 주위에 공부 잘했던 친구들이 아이를 낳아 자기보다 공부를 못한다며 난리 치는 모습을 보면서 그 아이들이 안돼 보이기도 했다. 잘난 부모의 자식으로 사는 인생도 쉽지는 않은 것 같다. 그럴 때마다 넌 엄마 잘만난 거라고 릴리에게 생색을 내서 종종 비웃음을 사기도 하지만.

그래도 릴리에게 바라는 건 하나 있었다. 매사에 감사하는 마음. 릴리는 비교적 물질적으로 여유로웠고, 엄마, 아빠를 비롯해 외할머니와 이모네 사랑을 듬뿍 받으며 자랐다. 뭔가 배우고 싶을 때 돈 때문에 포기하지 않고, 뭔가 먹고 싶을 때 사 먹을 수 있고, 뭔가 가지고 싶을 때 용돈을 모을 수 있는 여력이 있다.

풍요의 기준은 사람마다 다르겠지만 나 하나 열심히 노력하면서 뭐든 시도해볼 수 있는 환경 자체가 풍요라고 생각한다. 그런 환경에 감사하지 않으면 앞으로 어떤 인생을 살아도 결코 행복해질 수 없을 거라 생각한다. 그래서 릴리가 친척들에게 용돈이나 선물을 받을 때면 반드시 고맙다는 인사나 감사 문자를 보내게 했다. 넓고도 넓은 아파트 마당에 이리저리 굴러다니는 낙엽을 쓸어주시는 경비 아저씨도 고맙고, 꼬박꼬박 잊지 않고 양육비를 보내는 아빠가 고맙고, 엄마처럼 저질 체력으로 고생하지 않고 원하는 운동은 다 할 수 있는 뛰어난 운동 신경에 고마워해야 한다고 세뇌했다. 동시에 너와 같은 행운을 누리지 못하는 사람들을 잊지 말라는 말도 빼놓지 않았고.

나 역시 그런 태도를 갖기 위해 문구점에서 예쁜 유리병 하나와 미니 메모지를 사서, 고마운 일이 생길 때마다 메모지에 적고 작게 접어 유리병에 넣기 시작했다. 월말에는 그렇게 모인 쪽지들을 꺼내서 읽어보고 보물 상자로 옮겨놓는다. 고마운 일이 참 많구나, 라고 막연히 생각하는 것과 유리병에 들어 있는 색색의 쪽지를 보는 건 느낌이 사뭇 다르다. 한 달 동안 쌓인 나의 행복과 고마운 마음이 구체적인 증거로 나타난 셈이다.

어느 날 내 서재를 들락거리며 풀이나 수정펜을 빌려가던 릴리가 그 유리병을 보고 물었다.

"저게 뭐야?"

"고마운 일을 적어놓은 쪽지들이야."

"오, 예쁜데?"

릴리의 적극적인 호응에 뿌듯해져서 대답했다.

"그렇지, 예쁘지?"

"나도 해봐야겠다."

며칠 뒤에 릴리는 찬장에 앉아 먼지를 뒤집어쓰고 있던 유리병을 꺼내고, 메모지는 나에게 얻어서 자기만의 유리병 프로젝트를 시작했다.

나도 몰랐던 이 유리병의 효과는 정작 따로 있었다. 유난히 더운 여름날에 릴리가 쓰러졌을 때 너무 괴롭고 힘들었다. 대체 어째야 좋을지 갈피를 잡을 수 없었을 때 문득 이 유리병이 떠올랐다. 엄마인 내가 단단히 중심을 잡고 아픈 아이를 돌봐야 하는데 그렇게 마음을 다잡으려면 내가 가진 축복이 얼마나 많은지 헤아리는 게 도움이 될지도 모른다는 생각이 문득 들었다.

그래서 아이가 잠든 밤마다 그날 있었던 고마운 일들을 만년필로 힘주어 꾹꾹 눌러 적어서 유리병에 넣었다. 오늘 아이가 눈곱만큼 좋아졌다고. 이보다 더 많이 아프지 않아서 고맙다고. 아이가 아픈 걸 알고 응원의 메시지를 보내준 친구들이 고맙다고. 병원비 걱정을 하던 차에 계약금이 들어와서 고맙다고.

이렇게 우리에게 찾아온 고마운 일들을 헤아리는 행위가 어지러운 내 마음에 닻처럼 묵직하게 중심을 잡아주었다. 무엇보다 무

서운 자기 연민의 늪에 빠지지 않을 수 있어 정말 다행이었다.

언젠가 릴리가 다 나으면 이 유리병의 기적을 꼭 들려주겠다고 생각했다. 릴리도 알게 되겠지. 우리의 일상은 어제가 오늘 같고, 오늘이 내일과 다르지 않아 보여도 하나하나 꼼꼼하게 들여다보면 기뻐하고 즐거워하고 감사할 일이 하나씩은 있기 마련이란 걸.

"나도 가고 싶다아아. 나도 가고 싶다아아. 나도 가면 안 돼?"

릴리가 장화 신은 고양이 같은 치명적인 눈빛을 하고 물었다. "안타깝지만 안 돼." 나는 그 눈빛을 외면하며 딱 잘라 거절했다. 그리고 속으로 생각했다. '양심 좀 있어 봐. 너 고3이거든.'

원래는 출판사에서 경비를 지원받아 찰스 디킨스의 생애와 작품에 대해 조사하는 취재 여행을 영국으로 떠날 예정이었다. 대학원을 다니겠다며 어린 릴리를 데리고 뒤늦은 영국 유학길에 오른 이후로 무려 십 년 만에 다시 찾는 거라, 생각만 해도 설렜다.

출발은 오월 말 무렵으로 잡았다. 영국은 시도 때도 없이 비가 내리는 나라지만 그래도 여름이 오기 직전인 오월 말부터 유월,

칠월, 팔월이 일 년 중 가장 화창하고 아름답다. 게다가 해가 긴 계절에 가야 하루 중 취재에 쓸 수 있는 시간도 길어진다.

삼 주에서 한 달 정도 걸릴 여행 일정 때문에 번역 스케줄도 미리 조정하고 꼬박꼬박 나갈 생활비도 미리 해결해야 했지만, 무엇보다 큰 걸림돌은 고3이 되는 릴리였다. 수험생인 아이를 두고 한 달씩이나 집을 비워도 되는지 고민했는데(뭐, 평소에도 살뜰하게 챙겨주는 엄마는 아니었지만) 이야기를 꺼내니 릴리는 오히려 기뻐하는 눈치였다. 대학생이 되면 시작할 자취 생활을 미리 연습해볼 수 있어서 좋을 것 같다며.

뭐지, 이 반응? 내가 없을 때 집에서 무슨 짓을 하려고? 주말마다 친구들을 데려와서 집을 엉망으로 만드는 건 아닌가? 아침잠이 많아서 깨워줘야 하는데 내가 없으니 지각이나 결석을 하는 건 아닌가(그런 전과가 몇 번 있었다)···. 이런 의심이 모락모락 피어났다. 하지만 엄마도 자주 와서 들여다보시겠다고 하고, 고3이면 거의 성인이 된 나이이니 자취가 얼마나 고생인지 한번 뼈저리게 느껴봐라, 싶은 심보도 있었다.

그런데 본격적으로 여행 준비를 해야 할 시간이 가까워지자 릴리는 예상치 못했던 태클을 걸었다. 따라가면 안 되겠냐고. 영국에서 같이 살았던 이모(친한 언니) 집에 가서 이모도 보고, 이제 할 아버지가 된 고양이 단오도 보고 싶다고. 엄마랑 여행도 같이 가고 싶다고(이 말에 살짝 흔들렸다).

릴리도 데려갈까 잠시 고민했지만, 입시를 포기하지 않고는 현실적으로 불가능한 일정이라 안 된다고 못을 박았다. 그러고 나니 그간 릴리와 다녔던 무수한 여행이 떠올랐다.

영국 유학 당시에 릴리는 초등학교 3학년이었다. 우리는 부활절 휴가나 짧은 방학같이 여유가 생길 때마다 저가 항공이나 기차를 타고 유럽의 여러 나라를 다녔다. 어린 릴리는 여행을 가자고 하면 언제나 고분고분하게 따라왔다. 지루하다고 칭얼거릴 때마다 노트 한 권과 색연필들을 꺼내주면 카페에서 몇 시간이고 그림을 그리며 잘 놀았다. 그래도 힘들어할 때는 케이크나 아이스크림을 손에 쥐여주었다. 그러면 다시 기운을 내서 내 손을 잡고 잘 따라다녔다.

낯선 도시에 가면 투어 가이드가 있는 당일치기 프로그램도 자주 이용했는데, 그때마다 대학생 언니, 오빠 들이 어린 릴리를 귀여워해줘서 더 열심히 따라다니기도 했다.

투어마다 사춘기에 들어선 아이들이 보였다. 가이드가 유명한 조각상이나 건축 앞에 서서 설명하느라 열변을 토할 때도 그 아이들은 내가 무슨 잘못을 해서 이런 벌을 서고 있나, 하는 표정으로 멀뚱멀뚱 딴 곳을 보고 있기 일쑤였다. 그 모습을 보고 있자니 웃음이 나오면서도 언젠가는 릴리도 저러겠지, 생각했는데. 그때 너무 성급하게 웃은 것 같다.

유학을 마치고 몇 년 후, 릴리가 중학교 1학년 여름방학을 맞았을 때 파리로 여행을 갔다. 영국에서 유학할 때는 한 푼이 아쉬워서 제대로 둘러보지 못한 파리가 다시 보고 싶어 한 달 살아보기 프로젝트를 결심하고 일 년 동안 돈을 모았다. 릴리의 방학밖에 시간이 나지 않아, 덜덜 떨리는 손으로 마우스를 클릭해서 비싼 비행기 표를 예약하고, 에어비앤비 사이트에 매일 들어가 우리 둘이 한 달 동안 지낼 예쁘고 아담한 파리 아파트를 찾아다녔다.

그렇게 찾아낸 아파트 사진들을 릴리에게 보여주며 어디에서 지내고 싶은지 계속 의견을 물어보기도 했다. 릴리는 파리에 가면 맛있는 디저트와 빵을 실컷 먹어보겠다고 했다. 그렇게 둘이서 즐겁고 행복한 파리 휴가를 보낼 단꿈에 젖어 있었는데….

웬걸. 인생은 참으로 한 치 앞을 알 수 없어, 사춘기의 폭풍에 휘말린 릴리가 갑자기 여행을 가지 않겠다고 폭탄선언을 했다. 표

면적인 이유는 그냥 집에 있고 싶다는 것이었는데, 눈치를 보니 한참 친구들과 어울려 다니는 시기에 한 달이나 떨어져 있으면 소외되지 않을까, 걱정하는 것 같았다. 화도 내고(불같이), 달래도 보면서(어쩔 수 없이), 기나긴 협상 끝에 결국 한 달이 아닌 삼 주로 기간을 줄였다.

그렇게 간 파리 여행에서 우리는 자주 의견이 맞지 않았고, 시내를 돌아다니다 우거지상인 릴리를 보면 속에서 천불이 올라와서 씩씩대기도 했다. 결국 일주일에 하루는 각자 시간을 보내기로 했다. 릴리는 집에서 마음껏 인터넷을 하고 냉장고에 있는 음식을 실컷 먹고, 나는 가고 싶은 곳을 몰아 다니며 시간을 보냈다.

그때는 릴리에게 섭섭한 마음이 컸다. 엄마는 네가 한 살이라도 더 어렸을 때 세상의 좋은 것, 예쁜 것, 아름다운 것들을 많이 보여주고 싶었는데, 더 너른 세상을 보여주고 싶었는데 너는 왜 그 마음을 몰라주니.

그렇게 뼈아픈 경험 후로 다시는 릴리와 장기 여행을 가지 않았다. 그런데 시간이 흐르면서 릴리는 점점 더 적극적이고 근사한 여행 파트너가 되어갔다. 낯선 곳에 가도 핸드폰에 코를 박는 습관은 여전했지만, 새로운 풍경과 문화를 보며 신기해하기 시작했고 나와 이야기를 나누는 시간도 늘어났다. 드디어 자기라는 알 속에서 껍질을 깨고 나오는 중이었을까.

그러더니 올해는 급기야 지난 파리 여행과 비슷한 일정으로 내 취재 여행에 동참하고 싶다는 이야기를 불쑥 꺼냈다. 물론 이모와 단오에 대한 그리움과 공부를 하지 않고 놀러 다녀도 되는 여행의 특권 때문이겠지만, 또 다른 면으로는 바깥세상을 보고 싶다는 마음도 있었다.

이삼 년 전에 릴리가 이런 말을 해서 내 혈압을 올려놓은 적이 있다. "예전에 왜 그렇게 파리 여행을 가기 싫어했는지 몰라. 이제 와 생각해보면 그때 참 좋았는데. 근사한 것도 많이 보고." 물론 이 말을 들은 나는 마음속으로 부들부들 떨며 참을 인 자를 하나 더 새겨야 했지만.

부모 마음은 다 같다. 자식에게 하나라도 좋은 걸 더 보여주고, 하나라도 더 알게 해주고, 할 수 있을 때 넓은 세상에서 견문을 쌓게 해주고 싶다. 그러나 자식의 마음은 또 다르다. 손목 잡혀 끌려 다니던 어린 시절에는 아이스크림 하나만 쥐여줘도 만족스럽지만, 머리가 커지면서 나만의 스케줄과 취향, 생활 리듬이 생겼는데 부모라는 이유만으로 그걸 흔드는 게 싫었을 것이다. 이제야 그 마음을 조금 짐작하게 됐다.

시간이 더 흐르면 알게 될까? 내가 그렇게 바깥세상을 보여주고 싶어 했던 이유를. 하지만 이제는 마냥 놀러 다닐 수 있는 나이도 아니고, 해야 할 일, 있어야 할 곳이 생겨버렸다. 이렇게 우리의 시간은 다르게 흐르면서 어긋난다.

시간이 좀 더 흐르면 내가 릴리의 손목을 잡아끌고 다니던 여행과 반대로 릴리가 내 손목을 끌고 다니는 효도 관광을 떠날 날도 오겠지. 그때 릴리는 무릎이 쑤신다고 투덜거릴 나에게 아이스크림이 아닌 커피를 사준다며 달래줄까?

나보다 더
내 인생을
걱정할 수 있겠어?

뚜벅이 경기도민의 서울 나들이에는 큰 다짐이 필요하다. 한번 나
서려면 먼저 며칠 고심하고, 결정한 후에도 심호흡을 하고 강행해
야 할 만큼 부담스럽다(일단 나갔다 오는 것만으로도 하루 순삭). 그래
서 한번씩 나갈 때 가능한 한 약속을 여러 개 만들어서 최대한 가
성비를 뽑아낸다. 그런 날이면 릴리에게 늦게 들어올 거라고 미리
말해두고 냉장고에 먹을거리를 챙겨놓는다.

　그날도 서울에서 약속이 있었는데 다른 때와 달리 오후가 저물
어갈 무렵 나가게 됐다. 아침에 일러뒀지만 혹시나 하는 마음에,
거기다 마침 하교 시간이 됐는데 중간에 엇갈려 얼굴을 보지 못할
것 같아 전화했더니 집에 오는 중이라고 했다. 잊지 말고 저녁을

챙겨 먹으라고 하고 전화를 끊었다.

　단지에서도 가장 안쪽에 있는 우리 아파트에서 출구까지 가려면 중간에 놀이터를 거쳐야 한다. 그 앞을 지나다 무심코 고개를 돌려 보니 어디서 많이 본 아이가 그네를 타고 있었다. 날이 갈수록 심해지는 노안에다 콘택트렌즈를 끼면 더 흐릿해지는 눈에 힘을 주고 보니 릴리였다. 오는 중이라고 하더니 놀이터에서 그네를 타다가 전화를 받은 모양이었다.

　설핏 기울어가는 빨간 해는 하늘 한쪽 귀퉁이에 걸려 있고 서늘한 바람이 불어오는 저녁. 릴리는 그 바람에 긴 머리카락을 나부끼며 더없이 행복한 표정으로 그네를 타고 있었다. 점점 더 높이 솟아오르는 그네를 타고 다른 세상으로 날아가버릴 것 같은 표정의 릴리를 보고 있으려니, 어쩐지 나까지 행복해져서 가던 걸음을 멈추고 한참을 바라보았다.

　걷다가 몇 달 전에 릴리와 싸웠던 일이 생각났다. 자신의 미래에 대해, 공부에 대해, 시험에 대해 그다지 진지해 보이지 않아 실망스럽고 걱정돼서 야단을 쳤더니 릴리가 말했다. "엄마가 아무리 내 걱정을 해도 나보다 더 내 인생을 걱정할 수 있겠어?"

　그 말을 듣는 순간 '졌다'는 생각이 들었다. 그렇다, 내가 아무리 자식인 릴리를 걱정하며 애간장을 태워도(사실 나는 비교적 쿨한 엄마라고 자부하고 있지만), 본인보다 더 본인의 미래를 걱정할 순 없다. 그 미래를 사는 사람은 내가 아니라 릴리 자신이니까. 그 후로 릴리 걱정은 하지 않는다(0.0001퍼센트 정도만 한다).

릴리가 태어난 후로 항상 다짐한다. 릴리는 나의 몸을 빌려 태어났을 뿐, 아무리 사랑으로 키웠고 눈에 넣어도 아프지 않을 내 아이라 해도 어느 정도 나이가 차면 적당한 거리를 두고 지켜봐야 하는 또 다른 타인이라 생각하자고. 물론 쉽진 않았다. 부모에게 아이란 항상 걱정되고 불안하고 안타깝고, 주고 또 줘도 어쩐지 미안한 마음이 드는 희한한 존재니까. 왜 이런 마음이 드는 건지 생각해본 적이 있다. 아마도 이 세상에 태어나길 바란 적 없고, 낳아달라고 부탁도 안 했는데 내 맘대로 이 험한 곳으로 끌어냈다는 미안함과 책임감 때문이 아닐까.

그런 마음에 한 줄기 위로가 된 것이 있다. 어른을 위한 그림책을 읽어주는 사람의 이야기 『이상하고 자유로운 할머니가 되고 싶어』라는 책이다. 작가 무루는 비혼이자 고양이를 모시는 집사이며 채식지향주의자로, 오랫동안 아이들과 책을 읽고 글을 썼다.

그는 이렇게 말한다. 아이들은 자신만의 생의 의지가 있으며

"삶의 모험에 기꺼이 뛰어든다"고. 이 세상에 태어나기로 결심한 아이들의 의지에 대해 아름답게 묘사한 작가의 글을 읽으며 신선한 충격을 받았다. 내 맘대로 릴리를 괴로움과 혼란, 부조리로 가득 찬 이 세상에 끌어낸 게 아니라 릴리가 릴리의 의지로 나를, 이 세상을 선택해 왔다고 생각할 수 있다면 그 얼마나 멋진 일인가. 저기서 저렇게 황홀한 얼굴로 그네를 타고 있는 릴리의 표정처럼 말이다.

그 후로도 릴리는 밤늦게 독서실에서 오는 길에 놀이터에 들른다. 낮에는 놀이터의 진짜 주인인 아가들에게 양보하고, 달이 뜬 까만 밤하늘 아래에서 발을 굴려 실컷 그네를 타는 것이다. 그네를 탈 때면 그렇게 시원하고 신날 수가 없다는 릴리의 말을 들으며 생각한다.

앞으로 어렵고 힘든 일이 많을 아이의 인생. 잠깐잠깐 그네를 타며 환하게 웃는 것처럼 순간순간 숨통이 트이는 일을 하나씩 찾아낼 수 있기를. 본인도 기억하지 못할 탄생 전의 선택을 후회하지 않고, 즐겁고 행복하게 이 풍진 세상에서 살아갈 수 있기를.

내
이 름 을
불 러 줘

릴리가 중학교 3학년이었던 어느 날 불쑥 와서 말했다. "나 개명할래." 십 대의 마음을 이해하기란 세계 최고 암호학자라 해도 쉽지 않겠지만 그날 릴리의 요구 역시 느닷없고 난해했다. 그런데 개명해달라는 뜬금없는 요구에 평소처럼 "안 돼!"라고 딱 잘라 거절할 수 없었다. 어쩐지 이번만큼은 릴리의 마음을 짐작할 수 있을 것 같았지만 일단 물어보기는 했다.

"왜 바꾸고 싶은데?"

"그냥…."

릴리의 '그냥'은 평소와 달리 길게 여운이 남았다. 난 설명을 강요하지 않고 일단 조건을 걸었다. "너 요즘 다이어트하지? 십 킬로그램 빼면 개명해줄게."

나의 반대를 예상했던 모양인지, 어마어마하게 심각했던 릴리의 얼굴이 순간 놀라울 정도로 환해졌다. "정말? 정말 십 킬로그램 빼면 개명하게 해줄 거지?"

나는 이 목표 달성이 얼마나 힘든지 알기 때문에 흔쾌히 대답했다. "그래. 해줄게."

"아싸!" 릴리는 콧노래를 부르며 갔다.

릴리의 개명을 조건부로 허락한 이유는 두 가지였다. 하나는 나 때문에. 또 하나는 릴리 때문에. 릴리가 개명을 원하는 만큼, 아니 나 역시 아주 오랫동안 간절하게 개명을 원했다. 내 이름은 산호. 그렇다. 모두 곧바로 연상하게 되는, 바닷속에서 사는 그 산호.

산호는 18세기까지 식물로 오인됐다가 석회질 골격이 있다 해서 광물로 여겨지기도 했다. 그러다 최종적으로 동물이라는 정체성이 밝혀진 시간이 길지 않다. 아무튼 바닷속 보물이라고 생각하는 사람도 꽤 있을 만큼 아름다운 생물이다. 문제는 오래전부터 파격적이고 획기적인 성향이 있었던 외할머니가 지어주신 산호라는 이름 때문에 어렸을 적부터 자잘한 수난을 겪었다는 것이다.

예를 들어 초등학교에 들어간 순간부터 대학교를 졸업할 때까지, 학기 초에 출석을 부를 때마다 원치 않은 관심을 받아야 했다. 선생님이나 교수님이 "박산호. 박산호? 박산호가 누구야?" 이렇게 부르면 모두들 자연스럽게 나를 찾아 교실이나 강의실을 한 바퀴 둘러보는 상황이 벌어졌다. 벌겋게 달아오른 얼굴을 숙이며 마지못해 한 손을 들면 사람들은 특이한 이름에 비해 너무나 평범한 나를 보고는 약간 실망한 표정을 짓곤 했다.

놀림도 많이 당했다. 내 동생이 소라(그것도 한글)라는 걸 알게 된 짓궂은 아이들이나 대학교 선후배들이 '해물탕 가족'이라고 부르거나, 나보고 박찬호 동생이냐고 물어보는(내가 박찬호보다 한 살 많은데…) 식으로 놀려대기도 했다. 상상력이라곤 약에 쓰려고 해도 없는 지루한 인간들이라며 마음속으로 조용히 욕했다.

그런 내 이름이 너무 싫어서 뉴질랜드에 어학연수를 갔을 때 유명한 만화 〈피너츠〉의 주인공인 찰리 브라운을 따라 영어 이름을 지었다. 남성인지 여성인지 알 수 없는 중성적인 면이 맘에 들었고, 무엇보다 찰리라는 이름이 평범해서 좋았다. 어학연수에서 만난 사람들은 찰리라고 해서 남자를 떠올렸다가, 내가 찰리임을 알고 작은 반전에 재미있어 했다. 내 인생의 리즈 시절이었고, 다시 한국으로 돌아와 산호가 됐을 땐 그런 인생도 막을 내리는 것 같은 예감에 우울해지기도 했다.

아이러니하게도 이름의 덕을 본 건 출판 번역가가 되고 나서였다. 대학교 때부터 열렬히 좋아했던 스릴러 소설의 대가 로렌스 블록의 『무덤으로 향하다(영화로는 툼스톤)』를 첫 작품으로 번역했는데, 다행히 평이 좋아서 그 후 계속 스릴러 소설을 번역하게 됐다. 그런 행운에 내 이름도 약간의 지분이 있었다는 사실을 오륙 년이 지난 후에야 우연히 알게 됐다.

스릴러 소설 명가로 알려진 어느 출판사가 주선한 모임에서 이야기를 나누는데, 어떤 편집자가 말했다. "전 여태까지 선생님이 남자분인 줄 알았어요. 아마 독자들도 다 그렇게 생각할걸요?" 그때 좀 놀랐다. 이 이름으로 살아온 세월이 너무 길어서 누가 나를 남자로 오인할 거라곤 상상도 못 했기 때문이다.

이름 때문에 그렇게 곤혹스런 상황에 많이 처했던 나로선 이름을 바꾸고 싶다는 릴리의 마음을 조금은 알 것 같았다. 릴리의 한글 이름은 발음하기가 쉽지 않았고, 솔직히 엄마인 내가 봐도 좀 구리긴 했다. 다만 자식만큼은 평범한 이름을 지어주고 싶은 생각이 간절했기 때문에 릴리 친할머니가 작명소에 가서 받아 오신 이름 두 개를 불쑥 내미셨을 때 크게 반대하지 못했다. 그러니까 릴리의 이름도 내 마음에 썩 들지 않았는데, 그 이름을 받은 릴리도 자기 이름이 어떤 이유로든 싫었던 거다. 그래서 이름을 바꾸고 싶다는 릴리의 바람을 거절할 수 없었다.

릴리는 왜 이름을 바꾸고 싶은 걸까? 이름을 바꾸고 인생을 통째로 리셋해서 새 출발하고 싶은 마음은 누구에게나 있고, 분명 릴리에게도 있을 것이다. 자기 이름을 지어준 무뚝뚝한 친할머니와는 정이 별로 없었고, 영국에 갔을 때 자신의 이름을 제대로 발음한 사람이 없어서 힘들었던 시절을 생각하면 분명 발음하기 쉬운 이름을 갖고 싶은 마음도 있을 것이다. 무엇보다 예쁘고 마음에 쏙 드는 이름을 갖고 싶을 테지. 주변에서 보면 부모나 작명가의 터무니없는 작명 센스 덕분에 평생 괴로워하다 이름을 바꾸는 이도 적지 않으니까.

중3 때 이름을 바꾸고 싶어 했던 릴리는 이제 고3이 됐는데 아직도 십 킬로그램을 빼지 못해 개명을 못 하고 있다(하하하). 그래도 대학에 입학하면 그토록 원하던 개명을 해줘야 할 것 같다는 마음이 슬슬 들고 있다. 그래서 요즘 우리는 이름을 잘 짓는 작명가를 찾고 있다.

나는 기왕이면 여성의 시각에서 주역과 성명학을 보는 그런 작명가를 만났으면 한다. 여자가 기가 세거나 드세면 안 돼, 여자가 팔자가 세면 안 돼, 이런 시대착오적인 말을 하는 사람이 지어주는 이름은 이미 한 번 받아봤으니까. 이제는 달라진 시대에 맞게 여성도 진취적으로 원하는 바를 밀고 나아가는 삶을 살아야 한다는, 그런 철학을 가진 작명가에게 릴리의 이름을 받고 싶다. 릴리도 대찬성했다.

나와 릴리의 이름 문제는 그렇게 해결됐고. 나의 둘째 딸이자 고양이인 송이는 자신의 이름에 대해 어떻게 생각하고 있을지 모르겠다. 송이를 데려온 첫날 내 동생이 "이름을 뭘로 지을 거야, 언니?"라고 물었을 때 한동안 고민했다. 외자로 지어주고 싶었고, 기왕이면 순하고 보드라운 성정의 아이가 되라는 의미에서, 그리고 노래처럼 즐겁게 살라는 뜻에서 영어의 song이자 우리말로 불러도 어감이 좋은 '송이'라고 지었다.

고양이치고 유달리 까칠하고 도도한 송이를 보면 이름과 어울리는 성격은 아닌 것 같다. 그래도 송이라고 부르면 열 번에 세 번은(나머지는 알아듣고도 귀찮아서 안 온다) 내게 오거나, 적어도 고개라도 돌리는 걸 보면 자기 이름이 송이라는 건 아는 것 같다. 딱히 싫어하지 않는 눈빛이다. 그러면 됐지, 뭐.

닮지 않아서 고마울 때

"그 상자 어디 있어?"

"무슨 상자?"

"왜, 있잖아. 바늘이랑 실이 있는 상자."

"아… 반짇고리. 너 정말 어휘력이 너어무 빈곤한 거 아냐?"

"맞아, 그 반, 반질고리? 그거 어디 있는데?"

"장롱에 있어. 내가 갖다줄게. 근데 왜?"

"머리가 아파서 바느질 좀 하려고."

"오케이."

릴리는 공부하다 머리가 아프면 놀이터에서 그네를 타거나 편의점에서 아이스크림이나 마카롱을 사 먹는다. 그래도 무거운 머리가 가벼워지지 않거나 색다른 도락이 필요하면 밤마다 깔고 자는 침대 시트를 끌어내서 그 위에 기하학적인 패턴으로 바느질을 하거나(자기는 수를 놓는다고 주장), 열심히 섞은 반죽을 미니 오븐에 넣고 브라우니를 굽는다.

내가 낳은 딸이지만 그런 모습을 볼 때면 신기하기도 하고 뿌듯하기도 하다. 물론 릴리의 그런 취미생활에 내가 일조한 건 없다. 나는 바느질과는 평생 친하지 않았고, 반찬이나 요리야 그럭저럭 하지만 쿠키나 브라우니를 만들면서 즐거워하는 사람은 아니니까. 하지만 어떤 면에서는 이런 딸을 낳기 위해 나름 노력했다고 주장할 수도 있다.

이유는 이렇다. 사람들은 저마다 타고난 재주가 있는데(그래야 한다고 굳게 믿는다), 신이 그를 빚을 때 실수로 온갖 재주를 몽땅 쏟아부은 경우도 있고, 반대로 넣어야 할 재주를 깜박하는 바람에 하나도 없는 경우도 간혹 있다고 생각한다. 나는 불운하게도 후자에 가깝다. 정말 신을 만날 수 있다면 멱살을 잡고 따지고 싶을 정도로 손재주가 없다. 그 절망적인 결핍 덕분에 고생한 사연을 다 글로 쓰자면 책 한 권을 쓰고도 남아….

이를테면 이런 것이다. 학교 다닐 때부터 차마 '가'를 줄 수 없었던 선생님들의 배려로 미술 성적은 양양양(뭔가 양들의 침묵 같지 않은가?)이 가득했고, 실과도 이론이야 암기로 때웠지만 실기는 항상 최하점. 고등학교 미술 시간에 아그리파를 그리라고 했는데 동네 담배 가게 아저씨의 초상화 같은 그림을 그려서 선생님을 경악하게 한 적도 있다.

내 그림을 본 아이들 모두 교실이 떠나가게 손뼉을 치며 웃는 굴욕을 겪기도 했다. 그림만 못 그린 게 아니라 조각이나 만들기도 못해서(당연한 이야기지만) 나를 불쌍히 여긴 사촌 동생이 대신 미술 숙제를 해준 적도 많았다.

그런 끔찍한 기억들 때문에 똥손으로 살아온 아픔과 상처를 내아이에게만은 물려주지 말자고 무의식중에 다짐했는지도 모르겠다. 그 후로 남자친구를 사귈 때마다 항상 학교 때 미술 잘했느냐고 물어보곤 했으니까. 꼭 그래서는 아니겠지만 나와 사귄 남자친구들은 다 손재주가 있거나 예술적 감각이 있었다.

릴리 아빠도 예외가 아니어서 학생 때 디자이너가 되고 싶었던 적도 있다고 수줍게 고백했다. 그의 지나간 꿈 따위에는 별로 관심이 가지 않았지만 이 사람이랑 아이를 낳으면 최소한 미술 때문에 고생하진 않겠군, 하고 은연중에 생각했다.

이런 빅픽처 덕분인지 릴리는 어려서부터 미술에 재능이 있었다. 특히 색감이 화려하고 독창적이어서 어린 릴리가 그린 그림이나 만들기 작품들을 집 안 곳곳에 전시하며 그동안 쌓인 한을 풀었다. 릴리는 커가면서 자연스럽게 미술에 대한 흥미는 잃었지만 손을 이용해서 스트레스를 푸는 습관은 계속 이어졌다.

릴리가 처음부터 바느질을 좋아하고 잘했던 건 아니다. 고등학교에 입학해서 한 달도 못 가 새 교복 치마의 치맛단이 떨어졌다. 당장 내일 아침에 입고 가야 하니 어쩔 수 없이(그때까지는 바느질할 경우가 생기면 집에 종종 오시는 엄마께 부탁드렸다) 덜덜 떨리는 손으로 치맛단을 꿰맸다.

그렇게 몇십 년 만에 다시 잡아본 바늘은 역시 내 마음대로 움직여주지 않아 결과물은 그야말로 대략 난감이었다. 하지만 치맛단 손질이라는 소기의 목적을 달성해 후련한 마음으로 릴리 방에 갖다 놓았다.

학교에서 돌아온 릴리는 문제의 치마를 보고 비명을 질렀다. 그 후로 다시는 바느질을 해달라는 말을 하지 않았고, 교복 치마가 뜯어지거나 셔츠 단추가 떨어지면 자기가 알아서 해결했다. 그런 모습을 보면 좀 미안하기도 하지만 뭐 어떤가. 내가 직접 꿰매주지는 못해도 네가 그런 재능을 타고날 수 있도록 엄마도 나름 노력했거든.

대신 다른 식으로 미안하고 쑥스러운 마음을 어필했다. "넌 날 닮아 얼굴이 작잖니? 고마운 줄 알아." "넌 날 닮아 어학적 재능이 있잖아, 감사하게 생각해." "넌 날 닮아 목소리가 예쁘잖아. 엄마도 할머니 닮아서 목소리 예쁘단 소리 많이 들었어." 그렇게 횡소리하면 릴리는 고맙게도 적당히 고개를 끄덕여준다.

지금에 와서 생각해보면 전 남친의 미술 성적을 알아내느라 모사를 쓸 필요가 없었는지도 모른다. 격세유전이라는 말처럼 엄마는 무척 손재주가 좋으니까. 직접 만든 비누 공예 작품들을 화장품 가게에서 같이 파셨고, 아직도 온 집안의 바느질을 도맡으시고, 어지간한 수도나 변기나 배관 수리는 사위인 제부보다 더 능숙하게 하신다. '그런데 너는 왜 그래?'라고 물어보면 할 말은 없지만.

달리기할 때마다 매번 꼴찌로 들어온 나와 달리 육상을 좋아해 운동회 때마다 반 대표로 뛰고, 좋아하는 친구가 생기면 초콜릿이나 브라우니를 구워서 선물하고, 악필이라고 비난받는 나와 달리 타자로 친 것처럼 단정한 필체로 일기나 플래너를 쓰는 릴리를 보며 못난 엄마 밑에서 잘도 자라줬구나, 하고 고마울 때가 있다. 아마도 신이 날 만들 때 한 실수를 릴리로 보상해주시는 것 같아서 신의 멱살을 잡으러 가는 건 그만두기로 했다.

살아가고, 사랑하고

3

파이팅이라는
말은
하지 않을게

야들야들하고 촉촉하면서 탱글탱글한 자태를 뽐내는 족발을 앞에 두고 릴리는 이렇게 내뱉었다.

"내 인생 최악의 여름이야."

북한군도 무서워한다는 광기 폭발 중2보다 더 막강한 까칠함과 예민함을 보유한 고3. 무한 긍정주의자이자 말의 힘을 믿는 나는 평소 같으면 자동적으로 잔소리 스킬을 시전했겠지만, 이번에는 고개를 끄덕이며 수긍하고 말았다.

2020년을 앞두고 나에게 계획이 있었듯, 릴리도 그랬다. 아니, 굳이 계획이랄 것도 없이 그저 무한 노력, 무한 체력에 부모의 무한 지원(재정적, 심정적)까지 합쳐서 오랜 목표인 일본 대학에 합격하는 것이었다. 그러니까 우리 모녀는 각자 다른 의미로 어금니 꽉 깨물고(나는 돈을 벌고, 릴리는 그 돈을 쓰면서 공부하고) 올해만 버티자 생각했다.

그러나 인간의 계획이란 얼마나 무력한가. 내가 예고도 없이 들이닥친 코로나로 약속이나 한 듯 일제히 끊긴 작업 의뢰를 초조히 기다리는 동안, 릴리는 그만의 위기 속에서 혼란스러워했다. 생전 처음 해보는 온라인 수업에 적응하느라 애쓰고, 변덕이 죽 끓는 듯한 등교 일정에 맞춰 답답한 마스크를 쓰고 꼬박꼬박 학교에 가는 와중에, 유월로 예정된 유학 시험이 취소됐다는 날벼락이 덮쳤다.

결국 십일월 시험 한 번에 사활을 걸어야 한다니, 뭐 이런 일이 있냐며 릴리는 울음을 터트렸지만, 곧 씩씩하게 원서 준비를 시작했다. 그렇게 무려 한 달 동안 영혼까지 갈아 넣어 준비한 원서를 보냈는데, 유학원 실수로 서류가 하나 빠지는 바람에 대학에서 접수를 허락할 수 없다는 두 번째 청천벽력이 찾아왔다. 릴리는 울어서 퉁퉁 부은 얼굴로 오히려 상심한 나를 달랬다.

"괜찮아, 내가 회복력 하나는 짱이잖아?"

하지만 무한 긍정, 무한 열정, 무한 체력에도 한계는 있는 법.

코로나 때문에 학원이 망하는 바람에 일산 집에서 학교를 거쳐 서울과 수원 학원을 오가는 복잡한 동선이 반복되던 어느 날, 아이는 급기야 모의고사를 보다 쓰러졌다. 그래서 신카이 마코토 감독의 영화 〈날씨의 아이〉가 재현된 것처럼 여름 내내 끝없이 내리는 비를 보며 탈이 난 몸과 마음을 추슬러야 했다.

그런 릴리가 평소엔 없어서 못 먹던 족발을 차갑게 바라보며 "내 인생 최악의 여름"이라 중얼거렸을 때 "그래, 올여름이 참 그러네"라는 대꾸밖에 할 수 있는 게 없었다. 그러면서 후회하고 또 후회했다. '좀 더 신경 써서 챙길걸. 돈 없다고 포기하지 말고 빚을 내서라도 비싼 학원에 보내줄걸.' 무엇보다 가장 큰 후회는 아침마다 학교 가는 아이에게 눈치도 없이 "파이팅!"이라는 문자를 보낸 것이다.

알량한 문자 한 통 보내놓고 안심하지 말고 아이의 몸과 영혼을 좀 더 세심하게 살폈어야 했는데. 올 한 해로 네 인생이 결정되는 것도 아니고, 사실 이건 네 인생에서 프롤로그의 프롤로그에 지나지 않는다고 말해줬어야 했는데. 대학에 합격해야 진짜 인생이 시작되는 게 아니라 이렇게 냉정하게 흐르는 시간도 소중한 인생의 일부임을 알려줬어야 했는데. 입맛을 잃은 릴리를 위해 망원

시장까지 가서 공수한 족발 접시를 밀어주며 마음속으로 나는 긴 편지를 썼다.

그래도 엄마는 네가 이만큼이라도 다시 건강해져서 기뻐. 이제까지 살면서 언제나 변함없을 거라 생각했던 것들이 느닷없이 달라져서 무섭고 불안하지? 한 치 앞을 모르는 상황에서 뭘 해야 할지 몰라 괴로울 거야. 지금도 열심히 공부하고 있을 친구들보다 뒤처질까 걱정도 되고.

사실 엄마도 그래. 이러다 영원히 마스크를 벗을 수 없을까 봐. 좋아하는 사람들과 바이러스 걱정 없이 수다 떨고, 극장에 가서 영화를 보고, 휴가철엔 어디 갈까 고민했던 행복한 시절이 영영 돌아오지 않을까 봐 두려워. 무엇보다 코로나로 직장을 잃은 사람들이 늘어나서 엄마 일도 사라질까 봐 밤에 잠이 안 와.

그럴 땐 어떻게 하면 좋은지 아니? 너무 먼 미래를 내다보려 하지 말고 현재에만 집중하는 거야. 지금 이 순간, 바로 여기에. 엄마는 일을 하고, 너는 건강을 회복하면서 하고 싶은 일을 하는 거지. 그것이 공부가 됐건 운동이 됐건 좋아하는 음악을 듣는 것이건. 뭐든 하루하루 짜증내지 않고 주어진 일상에 감사하며 사는 것. 그것만이 지금 우리가 할 수 있는 유일한 선택이야.

어쩌면 일상이, 삶이, 미래가 우리가 원하는 그 자리에 그대로 있을 거란 생각 자체가 거대한 환상이었는지 몰라. 코로나가 역대급 서프라이즈긴 했지만, 설사 원하는 대학에 순조롭게 들어갔다고 해도 시련과 실망 혹은 뜻밖의 일들은 언제고 일어나게 되어 있어. 우리가 공기처럼 당연하게, 종교처럼 열렬하게 믿고 의지하던 현실이 사실은 허상에 가까운 거야. 이번에 겪은 것처럼, 삶이란 언제 어느 때 어떤 계기로든 느닷없이 무릎이 푹 꺾이듯 무너질 수 있어.

그러니 지금 너는 아파서 하지 못한 공부 대신, 그보다 더 크고 중요한 뭔가를 배우고 있을지도 모른다는 생각이 들어. 조용히 숨어들어서 쓰라리게 하지만 언젠간 찬란한 진주가 될 아픈 씨앗을 품고 있을지도 모르지. 그러니 오늘은 맛있는 족발을 만끽하자. 언젠가 '그때 참 힘들었지만 좋은 날도 있었어'라고 말하게 될 거야.

약속할게. 다시는 '파이팅'이란 말은 쉽게 하지 않을게. 파이팅을 외쳐가며 너의 전부를 바쳐야 할 일은 세상에 없어. 잊지 마, 언제나 가장 중요한 건 바로 너야.

사 랑 하 려 면
고 양 이 처 럼

아침에 일어나면 제일 먼저 내 이불 위에 누워서 자고 있는 송이
를 쓰다듬어준다. 그러면 송이는 못 이기는 척 실눈을 뜨고 나를
바라본다. 내가 일어나면 송이도 따라 일어나 허리를 쭉 펴고 엉
덩이를 위로 치켜들면서 스트레칭을 한다. 이제 그만 일어나볼까,
그런 몸짓. 이어서 화장실에 들어가 변기에 앉는 나를 쫄래쫄래
따라 들어와 내 앞에 다소곳이 앉는다.

송이를 처음 키웠을 땐 뭘 원하는지 알 수 없어 가만히 바라만
봤다. 그러자 아가였던 송이는 짧고 귀여운 한 발을(흰 양말을 신어
까무러치게 귀엽다) 들어 내 손을 톡톡 쳤다. "자, 나를 쓰다듬어라,
집사야"라는 뜻이었다.

여기까지 읽고 송이가 무척이나 애교가 많은 개냥이라는 착각은 참아주시길. 쌀쌀맞기 그지없는 송이가 하루 중 유일하게 존엄한 자기를 쓰다듬을 수 있도록 허락을 내리는 순간이니까.

나는 잠도 덜 깬 채 변기에 앉아 송이를 성심껏 쓰다듬는다. 내 애무가 너무 짧거나 성의가 없어 보이면 송이는 다시 앞발을 들어 나를 톡톡 친다. 야수의 심장이 있지 않는 한 그 귀여움에 굴복할 수밖에 없다. 그런 내 손길이 과하다 싶으면 송이는 새치름하게 내 손을 살짝 깨물고 나간다.

이렇게 우리의 모닝 러브가 끝나고, 내가 화장실에서 나와 물을 마시러 싱크대로 가면 송이가 부리나케 쫓아와 정수기에서(수압이 좋지 않아 컵에 가득 채우려면 상당히 오래 기다려야 한다) 물을 따라 마실 동안 참을성 있게 기다린다. 모른 척하면 그때부터 애절한 눈빛으로 으앙으앙 울어댄다. "어서 간식을 내놓으란 말이다, 집사야."

송이를 약 올리려고 매번 물어본다. "오늘도 먹어야 해? 정말?"

그럴 때마다 송이는 앙칼지게 대답한다. "냐아아아옹!(그걸 말이라고!)"

나는 조금 더 송이를 놀리다가 찬장 안에 있는 마약 간식 츄르

를 꺼내 밥그릇에 짜준다. 세상 고양이 중에 가장 영리한(어디까지나 내 기준에서) 송이가 알아듣는 단어는 딱 두 개. 송이라는 제 이름, 또 하나는 간식. 그보다 알아듣는 단어가 많을 것 같기도 한데 귀찮아서 모른 척한다는 의심이 자주 든다. 그 누가 고양이의 마음을 알랴. 고양이는 목숨만 아홉 개가 아니라 속마음도 아홉 개일 것 같다.

간식까지 먹으면 모든 용건이 끝난다. 송이는 후련한 표정으로 거실 창가에 있는 자신의 왕좌(원래는 내 작업 의자인 듀오백을 송이가 줄기차게 스크래치를 해서 너덜너덜해진)로 거만하게 걸어간다. 날렵하게 점프해서 그곳에 앉은 뒤 잠시 중단된 잠을 청한다.

송이가 좋아하는 자리는 자신의 왕좌, 안방에 접어둔 매트리스, 내 서재에 있는 책장 꼭대기, 이렇게 세 곳이다. 그날그날 날씨와 기온에 따라 세 곳을 번갈아 앉아 있거나 누워서 잔다. 추운 겨울엔 낮에도 보일러를 트는 유일한 방인 서재로 들어와 내 무릎을 노리거나 책상 옆에 앉아서 꾸벅꾸벅 존다. 그런 송이를 위해 책상 옆에 담요를 깔아두지만 정작 송이는 무릎에 덮은 내 전기담요를 호시탐탐 노린다.

새끼 때는 나뭇가지보다 가는 네 다리를 바들바들 떨면서 내

바지나 치맛자락을 잡고 기어 올라와 무릎 위에 동그랗게 몸을 말고 잠드는 모습이 너무 귀여웠지만, 이제는 일곱 살이나 된 묵직한 몸을 무릎에 올려놓고 있기가 쉽지 않다. 그래도 귀여우면 장땡. 사랑의 약자인 내가 견뎌야 할 무게.

사람들이 자신을 만지거나 쓰다듬는 것도 싫어하고, 낯선 사람이 집에 오면 쏜살같이 도망가서 장롱에 숨거나 책장 위에서 노려보고, 집에 자주 오시는 할머니와도 친하지 않고(할머니가 자기를 별로 예뻐하지 않는 걸 안다), 간식 준다고 부를 때만 쏜살같이 달려오는 밀당력 최강자 송이. 그런데도 송이를 미워할 수 없는 이유는 송이가 자기 나름의 방식으로 나와 릴리를 사랑하기 때문이다.

예를 들어 내가 밤늦게까지 작업하고 있으면 다른 방에서 늘어져 자다가도 어슬렁어슬렁 서재로 들어와 책상 옆이나 자판 옆에 누워서 기다린다. 그러다 내가 컴퓨터를 끌라치면 귀신같이 알고 먼저 일어난다. '자, 이제 자러 가자'라는 눈빛으로 나를 보며. 밤 열두 시가 됐건, 새벽 세 시가 됐건 그렇게 옆에 있어주는 송이 덕분에 깊은 밤 혼자 작업해도 외롭지 않다.

평소에는 냉정하기 짝이 없다가도 나와 릴리가 큰 소리로 싸우거나 릴리가 내게 야단을 맞고 울면 안절부절못하면서 우리를 화해시키려고 안간힘을 쓰기도 한다. 그런 송이의 일면을 보게 된 건 릴리의 사춘기가 시작됐을 무렵이었다.

어제까지만 해도 천사 같던 아이가 느닷없이 돌변해 어떤 말도 통하지 않는 외계인 같아져서 분노가 폭발할 때가 있었다(그때 나 역시 갱년기 절정이었다). 서로 바락바락 소리를 지르며 싸우고 있었는데(뭣 때문에 싸웠는지 기억도 안 난다) 송이가 달려와 우리가 앉아 있는 식탁 위로 뛰어 올라왔다. 그리고 나와 릴리 사이를 분주하게 오가면서, 우리의 얼굴에 그 조그만 얼굴을 들이대고 킁킁 냄새를 맡으며 우리가 진정할 때까지 계속 바삐 오갔다. 그 모습에 웃음을 터트리며 싸움을 끝낼 수밖에 없었다.

물론 이런 뭉클한 순간은 손으로 꼽을 정도이고, 송이는 선천적으로 굉장히 시크하고 도도하다. 한번씩 커튼 뒤나 장롱이나 벽장에 숨어버리면 내가 목이 터져라 "송이야!"를 외치며 찾아다녀도 들은 척도 하지 않는다. 그런 식으로 릴리가 어렸을 때도 몇 번 하지 않았던 숨바꼭질을 송이와는 무수히 반복했다.

마침내 장롱의 이불 속이나 옷장에 주렁주렁 걸린 내 코트와 원피스 사이에서 갈색 털로 뒤덮인 얼굴과 마주칠 때마다 송이는 이런 표정이었다. "귀찮게 나는 왜 찾아? 지금 딱 좋은데."

송이는 이런 식으로 나를 길들이고, 자신에 대한 나의 열렬한 사랑이 쉽게 식지 않도록 적당한 거리를 두게 하는 법을 가르쳤다. 이 아이를 이십 대 때 만났더라면 나도 밀당의 고수가 됐을 거라는 진한 아쉬움이 든다.

아무리 매력덩어리 송이라 할지라도 치명적인 단점이 있다. 어렸을 때 조기교육에 실패한 탓에(스크래처를 일찍 사주지 못했다) 온 집 안의 벽지를 갈기갈기 찢어놓는 버릇이 있고, 온몸에서 쉴 새 없이 뿜어져 나오는 털 때문에 물컵이나 찻잔에 둥둥 뜬 고양이털을 건져내야 하는 건 일도 아니게 됐다. 여행을 갈 때마다 송이를 돌봐줄 사람을 구해야 하고, 돌아오면 그리움과 분노가 섞인 앙칼진 울음소리를 내면서 버선발로 달려오는 모습을 볼 때마다 마음이 아프기도 하다.

이렇게 미운 정 고운 정 다 들어버린 송이와 같이 산 지 벌써 칠년이나 됐다. 한 주먹도 안 되던 털 덩어리가 내 인생에서 이렇게 거대한 존재감을 차지할 줄이야. 인간보다 수명이 짧은 이 아이가 부디 오래오래 내 옆에 있길 바라며 생각날 때마다 고양이에게 좋다는 사료며, 영양제며, 물을 더 많이 마시게 하는 방법을 검색하는 게 일상이 되었다.

송이에게 내가 좋은 엄마, 좋은 집사인지는 잘 모르겠지만 나는 송이가 있어 행복하고 든든하다. 송이야, 이 크나큰 지구에서 나를 점지해 와줘서 고마워.

나 의
외 로 움 을
걱 정 하 는 너

사방이 깜깜한 밤, 이불 속에 퍼질러 앉아 책을 읽고 있는데 릴리
가 들어왔다. 릴리 방이 생긴 후(영국에 다녀온 후) 우리가 같이 자
본 건 손가락을 꼽을 정도다. 릴리는 안방인 내 방에 마음대로 드
나들지만, 자기 방은 꼭꼭 닫아놓은 채 내가 오는 건 싫어한다(뭔
가 굉장히 불공평하지만 원래 권력을 쥔 자가 공간도 지배하는 법이니까).

　릴리는 공부하다 지겨워지면 안방에 와서 이불 위에 근엄한 표
정으로 누워 있는 고양이 송이를 건드리며 종종 장난을 친다. 그
날도 세상 귀찮은 표정으로 반발하는 송이와 놀던 릴리가 느닷없
이 말했다.

　"나 그냥 평생 독신으로 살까 봐."

"아니, 왜!?"

박보검과 결혼하겠다고 선언한 게 언제인데 저런 뚱딴지같은 소리를. 박보검처럼 그림 같은 사위를 데려와준다면 씨암탉이 아니라 씨암탉 할머니라도 잡아서 대접할 마음의 준비를 하고 있었는데, 이 무슨 청천벽력 같은 독신 선언이냐!

"내가 결혼하면 엄마가 혼자 있잖아."

순간 어이가 없어 말문을 잃었다가 대꾸했다. "걱정하지 마. 네가 조금 더 크면 엄마가 너보다 더 많이 연애할 거야. 엄마, 아직 안 죽었어."

그 말에 릴리는 킥킥거렸고, 그걸로 이야기는 끝났다. 아니, 끝났다고 생각했다.

사실 나의 연애에 대한 릴리의 걱정은 꽤 오래전부터 시작됐다. 아주 어렸을 때는 결혼해서 엄마랑 남편이랑 셋이 한집에 살겠다고 하기도 했다(물론 본인은 까맣게 잊었겠지만). 나는 일단 "그래"라고 간단하게 대답했다가 릴리가 조금 더 철이 들었을 때 이렇게 설득했다. "너는 엄마랑 같이 사니 편하고 좋을지 몰라도 네 남편은 장모님이랑 같이 사는 거 눈치 보이고 힘들어. 엄마도 불편하고. 그러니까 네가 결혼해서 가까이 살 순 있어도 같이 사는 건 좋지 않아."

그 생각을 받아들이는 데 꽤 오랜 시간이 걸렸던 모양이다. 그러다 급기야 결혼하지 말까, 라는 생각까지 들었나 보다.

박보검을 너무 좋아해서 결혼하겠다던 릴리는 조금 더 크자 박보검을 헌신짝처럼 버리고 방탄소년단의 슈가와 결혼하겠다고 선언했다. 물론 결혼 상대인 슈가는 그 사실을 꿈에도 모르고 있는 게 문제지만…. 슈가와 결혼하기 위해 릴리는 공부도 열심히 하게 됐다. 슈가는 매일, 매 순간 성장해서 발표하는 앨범마다 명작을 선보이는데 자기만 게으름을 피울 수 없다나(고마워, 슈가. 콘서트 표 너무 비싸다고 욕한 나를 용서해줘!).

릴리의 일방적인 결정이지만 결혼 상대도 정해졌고, 대입에 합격하면 일본으로 가야 하니 이제 혼자 남을 내 걱정이 더 커지는지 얼마 전에는 뚱딴지같이 또 이런 말을 했다. "내가 일본 가면 남자친구 만들어서 이 집에서 같이 살아. 혼자 살면 외롭잖아."

그 말에 대경실색했다. 우선 나에겐 같이 살 남자친구 따위 없고, 설사 생긴다 해도 왜 같이 산단 말인가. 당연히 릴리의 빈자리가 허전하겠지만 그렇다고 남자를 내 집에 들일 생각은 털끝만큼도 없거든!

하지만 걱정하는 딸을 위해 이렇게 대답했다. "걱정하지 마. 남자친구 사귈 거야. 너 일본 가면 양다리, 세 다리, 네 다리 걸칠 테니까." 릴리는 몇 년 전 내 대답을 들을 때와 달리 피식 웃고 말았다. 어쩐지 별로 믿음이 안 간다는 표정이다.

올해로 다시 혼자가 된 지(돌싱이란 표현은 쓰기 싫다, 내가 어디 갔다 어딜 돌아온단 말인가!) 십 년이 됐다. 처음 한동안은 먹고살기 바빠 연애 따위 눈에 들어오지도 않았다. 물론 나 좋다고 은근슬쩍 손을 내미는 남자도 없었다.

아침 드라마를 보면 천하의 몹쓸 인간인 남편의 일방적인 잘못으로 이혼한 여주인공에게 갑자기 결혼 전에도 만나지 못했던 멋진 남자들이 한 부대 몰려와 대시하던데. 평범하기 그지없는 나에게 그런 기적은 일어나지 않았다. 혹시 몰라 주위에 물어봤는데 역시 그런 일은 못 봤단다. 드라마는 어디까지나 드라마일 뿐 몰입하지 맙시다.

아무튼 혼자가 된 지 꽤 오래됐는데 아직도 혼자냐고 닦달하듯 물어보는(그런 사람치고 좋은 사람 소개시켜준다는 사람 없다) 사람에게, 허구한 날 집에 콕 틀어박혀 일만 하는데 대체 누굴 만나겠냐고 반문했다. 번역 일의 특성을 잘 모르는 사람들은 일하다 보면 만나는 사람이 있지 않느냐고 하는데. 오우, 노! 일하면서 주로 만나는 상대들은 나와 같이 작업하는 편집자들인데 거의 여자인 데다 그중 대부분이 3040 독신 여성들이다. 그렇게 팔팔하고 예쁘고 똑똑한 여성 편집자들도 남자가 없다고(사실 대부분은 필요없다고 하던데) 하는데 내가 어디서 용빼는 수로 남자를 만나겠나.

남친 만들기에 적극적이지 않았던 이유에는 릴리도 있었다. 전 남편과 막 헤어질 무렵 솜털이 보송보송한 아기였던 딸과 나, 우리 둘은 오롯이 행복했다. 그때는 우리 사이에 다른 이가 끼어드는 게 싫었고, 내게는 보석 같은 자식인 릴리가 누군가에는 혹 같은 존재로 비춰질 수 있는 상황 자체가 달갑지 않았다.

그러던 릴리가 어느새 이렇게 커서 나의 외로움을 신경 쓰다니. 동시에 내가 릴리에게 부담되는 존재인 건 아닐까, 해서 조금 미안해지기도 했다.

남자를 데리고 와서 살라는 릴리의 말에 딱 잘라 거절했더니 왜 싫으냐고 반문한 적이 있었다. 구차하게 설명하기 싫어 가장 중요한 이유를 말했다. "밥 차려주기 싫어. 너랑 나 두 사람 밥 챙기기도 쉽지 않아."

릴리는 한숨을 쉬며 대꾸했다. "고작 이유가 밥이야?"

나는 더 이상 아무 대꾸도 하지 않았지만 속으로 말했다. '나중에 결혼해보면 알 거다. 남자들, 특히 한국 남자들이 얼마나 밥에 집착하는지 아니?'

정말이지 한국 남자와 밥에 얽힌 사연을 풀어내자면 책 한 권도 쓸 수 있다. 릴리는 나에게 요리 잘하고 착한 남자를 찾으라고 하지만, 그런 남자는 유니콘이라니까!

아무튼 릴리는 그 후로 남자친구를 사귀라거나 자기가 떠난 후 집에 데려와서 살 남자를 찾으라는 요구는 더는 하지 않았다. 다행이다. 지금도 난 충분히 편하고 행복하다. 정말 심심하고 외로우면 불러낼 동네 친구들도 있고, 출판계 친구들도 일산에 널리고 널렸다. 서울에 나가면 만날 지인들도 있고, 그동안 아이 키우느라 소원해진 중고등 동창들도 아이들이 대학에 들어가니 다시 하나둘씩 연락이 오기 시작했다.

딸에겐 차마 쑥스러워서 하지 못했던 말이 있다. '원래 하려고 할수록 힘든 게 연애야. 너도 좋아하고 그 사람도 너를 좋아하는 만남이란 기적 중에서도 정말 큰 기적 같거든. 그러니 기회가 오면 덥석 잡아. 사실 십 년째 기다리고 있어.'

아빠를 꼭
사랑해야 하는 건
아니잖아

"정말 아빠는 사랑하지 못할 것 같아."

느닷없이 릴리가 폭탄을 투척했다. 간만에 큰마음 먹고 네 토막에 만 원이나 하는 갈치를 사서 심혈을 기울여 구운 어느 날 아침이었다. '기름이 자르르 흐르면서 뽀얗고 통통하게 살이 오른' 꿈의 갈치가 아니라, 긴 뼈에 앙상하게 달라붙은 초라한 살을 바르느라 여념이 없던 나는 잠시 어안이 벙벙해졌다. '잠깐, 우리가 릴리 아빠(그러니까 나의 전남편) 이야기를 하고 있었나?'

아무리 요즘 내 기억력이 금붕어의 그것과 동급이라고 하나(이렇게 쓰고 확인해보니 금붕어의 순간 기억력은 구 초로, 팔 초인 인간보다 일 초나 더 길다. 금붕어야, 미안) 그런 기억은 없는데. 아무리 폭탄 해체 전문가로 빙의해 갈치 살을 바르는 데 초집중하고 있었다 해도 말이지.

알고 보니 릴리는 밥 먹다 느닷없이 아빠가 떠올라 한 말이라고 한다. 좀처럼 내게 협조하지 않는 갈치보다는 하나밖에 없는 딸이 더 중요하니 일단 젓가락을 내려놓고 릴리를 봤다. 아이는 아빠와 언쟁을 벌였던 순간들이 떠올랐는지 표정이 굳어져 있었다. 그 좋아하는 갈치 앞에서⋯. 이 난관을 어떻게 헤쳐 나가야 좋을지 고민하다 먼저 물었다.

"뜬금없이 왜 그런 말을 해?"

"그냥, 밥 먹다가 생각이 났어. 어렸을 때 엄마한테 막 소리 질렀던 기억도 나고. 나랑 말다툼하던 생각도 나고."

이럴 땐 정말 뭐라고 해야 할지 모르겠다. 그런 아빠를 골라서 미안하다고 고개 숙이며 사죄라도 해야 할까, 잠시 고민했지만 그건 아닌 것 같고. 그렇다고 마냥 입을 다물고 있으면 릴리가 머쓱할 것 같아 어쭙잖게 대꾸했다. "아빠만 그런 게 아니라 엄마도 같이 소리 질렀잖아." 그리고 속으로 생각했다. '미안하다, 엄마나 아빠나 그때는 철딱서니가 없어서 어린 널 앞에 두고 만행을 저질렀어. 어른답지 못하게 둘 다 너무 자기감정에만 충실했군.'

릴리는 고개를 살짝 끄덕이며 조금 누그러진 표정으로 말했다. "그건 사실이지. 아무튼 아빠가 나한테 막 화내던 생각을 하면 도무지 사랑할 수 없어."

나도 안다. 릴리가 아빠를 못마땅해하는 이유를. 릴리 아버님은 빨래는 세탁기가 해주고 밥은 밥솥이 해주는데 요즘 여자들은 뭐가 그렇게 힘들다고 징징거리는지 모르겠다는 말로 날 경악하게 했다. 요즘 트렌드는 당연히 모르고 관심도 없어서 십 대 딸의 외모나 패션이나 행동을 다 마음에 안 들어한다. 거기다 말이 뇌를 거쳐서 나오는 게 아니라 그냥 입에서 나오는 대로 뱉는 스타일이라, 부녀가 한번씩 만나 싸우기라도 하면 중간에서 중재하느라 골치가 아플 때가 있었다.

예를 들면 이런 것이다. 릴리가 중학교 때 당시 유행하던 청재킷을 사고 싶어 했다. 규칙적으로 자기를 보러 오는 아빠에게 나름 신경을 쓰던 릴리가 같이 옷을 사러 가자고 제안해서 둘이 쇼핑몰에 간 적이 있었다. 그런데 한참 있다 둘은 붉으락푸르락한 얼굴로 옷도 없이 돌아왔다.

나중에 릴리에게 들으니 무슨 옷을 사러 가느냐고 아빠가 묻길래 청재킷이라고 대답했더니 그때부터 일장 연설이 시작됐다고.

"라떼는 호스야(나 때는 말이야). 공부 안 하고 발랑 까져서 밖으로 싸돌아다니는 것들이 그딴 걸 입고 다녔어. 너도 그런 꼴 나려고 그래(아버님…)?!" 이렇게 느닷없는 호통 공격에, 자기가 태어나지도 않았던 과거에(그러니까 1980년대 정도?) 좀 논다는 청소년들 사이에서 인기 폭발했던 청재킷 열풍을 모르는 릴리로서는 어이없고 기분 나빴을 것이다.

그런데 여기서 잠깐! 기억을 더듬어보니 릴리 아빠의 옛날 앨범에 분명 청재킷을 입고 잔뜩 폼을 잡은 채 찍은 사진이 있었는데…. 어쨌든 한없이 무뚝뚝하고 눈치도 없는 아빠와 오랜만에 다정하게 쇼핑이나 가려고 했던 릴리만 날벼락을 맞은 셈이었다.

이런 식으로 릴리와 아빠는 심각한 말다툼을 몇 번 했고(사실 아빠가 일방적으로 소리를 지르고 릴리는 입을 다물어버리지만), 어려서부터 워낙 다정이나 친절과는 거리가 먼 그의 성격 때문에 릴리는 아빠에 대해 별로 좋은 기억이 없다.

릴리 아빠는 우리 모녀가 영국에서 잠시 살다 돌아오자, 늦게나마 성실한 아빠가 되려고 나름 노력 중이다. 나로선 그 정도 변화라도 고맙지만 당사자인 아이는 또 생각이 달랐을 거고. 그동안 별말 없다 불쑥 아빠에 대한 마음을 꺼내 보여준 것이다. 난 한참

고심하다 말했다.

"아빠라고 꼭 사랑해야 할 필요는 없다고 생각해. 하지만 너도 아빠가 전보다 많이 나아진 건 알지? 아빠가 표현력은 꽝이지만 널 사랑하는 마음은 알잖아. 그러니까 아빠를 좀 봐줘."

그러자 릴리는 조금 풀어진 표정으로 고개를 끄덕이고 다시 수저를 들었다. 심각한 이야기를 하다 보니 밥 생각도 시들해졌고, 아무리 안간힘을 써도 살찌울 수 없는 갈치의 살을 대충 발라 릴리의 숟가락에 얹어줬다.

그런데 두 번째 폭탄이 날아왔다. "근데 왜 그런 아빠랑 결혼했어?" 음, 언젠간 할 질문이라고 생각하긴 했지만 하필 이런 타이밍에…. 순간 갈등했다. 어떤 버전을 들려줘야 하나. 팩트 버전? 미화된 버전? 넌 몰라도 돼, 버전? 마지막 버전은 우리의 옵션엔 없다. 릴리와 나는 가능한 한 모든 걸 서로에게 솔직하게 말하는 사이니까(나만 그런 것 같기도 하고).

나는 팩트 버전으로 갔다. "싱글로 살다가 이제 그만 결혼해야 겠다 결심했고, 또 결혼할 수 있는 환경이 됐을 때 내 앞에 너희 아빠가 있었어. 그래서 한 거야." 릴리는 순간 할 말이 없었던지 "와!" 하고 작게 탄성을 지르더니 이어서 말했다.

"그런데 그건 좀 너무한 거 아니야?"

"알아, 그런데 현실에선 그런 결혼도 꽤 있어."

릴리는 내 대답이 황당하면서도 그럴듯하다고 생각했는지 다시 밥을 먹기 시작했다.

그런 릴리를 바라보며 나는 릴리 아빠를 비롯해 그동안 봤거나, 들었거나, 경험했던 다양한 아빠들을 생각했다. 엄마와 헤어지고 나서 우리 자매를 보러 오지도 않았고, 양육비도 주지 않았던 나의 아빠. 화가 나서 야단칠 때면 딸을 홀랑 벗겨서 집 밖으로 쫓아내고 대문을 잠가버렸다는 친구의 아빠. 오빠에게 말대답했다고 오빠와 합세해서 자기를 두들겨 팼다던 또 다른 친구의 아빠. 그런가 하면 자식들에게 과자를 사주려고 평생 피우던 담배를 단번에 끊어버렸다던 아빠도 있었고, 우리 딸은 커서 미스코리아가 될 거란 말을 입에 달고 살았다는 아빠도 있었다. 새삼 놀라운 사실도 아니지만 세상에는 이렇게나 다종다양한 아빠가 있다.

그러니 아빠가 밉다, 아빠를 사랑할 수 없다는 릴리의 감정은 자연스럽다고 생각한다. 부모도 인간이니 완벽할 수 없어 아이를 기르다 상처를 준다. 나도 그랬다. 내가 부모에게 상처받은 만큼 릴리에게도 그랬다. 물론 부모도 아이들에게 상처받을 때가 있다.

과거의 잘못을 부모가 먼저 인식하고, 인정하고, 사과해서 아이의 마음을 어루만져주면 좋겠지만 그 자체를 인지 못 하는 사람도 많고, 가족 간에 굳이 꼭 말로 사과해야 하느냐고 생각하는 사람도 많다. 그렇다고 언제까지나 부모에게 사과를 요구하면서 화낼 수는 없지 않은가.

그러니 부모니까, 가족이니까 사랑해야 한다는 강박관념도 가질 필요 없고, 부모와 세상에 둘도 없는 친구처럼 친하고 가까워야 할 필요도 없다. 그런 사이면 베스트겠지만 그럴 수 없을 때 죄책감을 가지지 말아야 한다는 말이다.

릴리가 그 어떤 의무감이나 당위 의식 없이 자연스럽게 자신의 감정을 표현하고, 자유 의지로 관계를 맺기 바란다. 세상에 당연한 관계는 없다. 나와 릴리는? 우리 관계는 괜찮겠지? 어떤 대답이 나올지 무서워서 아직 물어보지는 못했다.

마지막으로 릴리에게 말하지 못한 비밀을 털어놓자면… 결혼해야지, 마음먹었을 때 릴리 아빠가 내 앞에 있었던 건 사실이다. 그런데 결혼할 만큼 좋아하기도 했다. 다만 인간의 감정과 상황이 변할 때도 있고, 백년해로하지 못하는 사이도 있다. 언젠가 릴리가 더 크면 이런 복잡다단한 감정에 대해 나눌 날이 또 찾아오겠지.

오 늘 은
좀
많 이 먹 었 네

학원 끝나고 독서실에 갔던 릴리가 밤 열두 시가 다 돼서 검정 비닐봉지를 들고 들어왔다. 그러더니 봉지에서 왕뚜껑 김치 사발면과 편의점에서 파는 마카롱, 투게더 아이스크림을 꺼냈다. 포트에 끓인 뜨거운 물을 사발면에 따르고, 방탄소년단의 브이로그를 노트북에 띄웠다. 사랑하는 오빠들이 하는 말을 들으며 낄낄거리던 릴리는 눈 깜짝할 사이에 컵라면을 해치우고, 냉장고에서 꺼낸 투게더 아이스크림과 마카롱을 후식으로 먹기 시작했다.

거실에서 신문을 보던(나는 자기 직전에 신문을 읽는 습관이 있다) 나는 야밤에 혼자 성대한 만찬을 벌이고 있는 릴리를 힐끔힐끔 봤다. "그러다 살찐다!"라고 소리를 꽥 지르고 싶었지만 참고 또 참

195

으면서.

릴리는 사발면 하나와 마카롱 세 개, 투게더 반 통을 비운 후에야 문득 긴 꿈에서 깨어난 사람처럼 정신을 차리더니 볼록 튀어나온 자신의 배를 툭툭 치며 말했다. "아, 배부르다. 오늘은 좀 많이 먹었네. 하지만 괜찮아. 괜찮아."

해야 할 숙제가 남았다고 하나, 두어 시간 후면 잘 텐데…. 칼로리 폭탄들을 섭취하는 모습을 보며 화가 나려던 찰나, 마음이 편해졌다. 어릴 적엔 볼 때마다 끌어안고 뽀뽀해주고 싶은 귀여운 코알라 같던 아이가 이제는 꿀단지를 끌어안고 마냥 행복해하는 아기 곰 푸로 변신한 그 모습도 그저 사랑스러워 보였다. 그러면서 한편으로 묘하게 안심이 됐다. '릴리는 잘 자라고 있구나.'

한밤중에 간단한 야식도 아니고(물론 세상에 간단한 야식이란 없습니다만) 폭식 파티를 만끽하는 딸을 보며 잘 자라고 있다니, 의아할지도 모른다. 하지만 내게는 그럴 만한 사연이 있다.

페이스북에서 댓글이 오가다가 우연히 같은 동네에 사는 걸 알고 가깝게 지낸 사람이 있었다. 한번은 직접 만나기로 했는데, 그때만 해도 우리 둘 다 프로필에 사진을 올려두지 않았다. 그날 처음 본 그녀는 아담하다 못해 평균보다 작고 펑퍼짐한 체구에 까무

잡잡하고, 이목구비는 별다른 특징이나 개성이 없어 보였다. 아무리 좋게 말해도 미인이라고 할 수 있는 외모는 아니었다.

그런데 만날수록 자꾸 끌리는 매력이 있었다. 그녀는 항상 이렇게 말을 맺었다. "내가 워낙 한 미모 하잖아." 자신이 미인이라는 생각에 일 그램의 의심이나 회의도 없어 보이면서 아주 당당하고 자신만만한 표정이나 몸짓이었다.

나는 그런 점이 굉장히 마음에 들면서 재미있어서 "정말 언니는 예뻐요"라고 물개 박수를 치며 동조했다. 살면서 저절로 눈길이 가는 미인들도 여럿 봤지만 알게 모르게 외모에 대한 콤플렉스가 많던데. 이렇게 스스로를 사랑하는 사람을 보니 나까지 당당함과 자신감에 전염되는 것 같아 좋았다.

어느 날 그녀가 이런 이야기를 해줬다. "내가 네 살인가 다섯 살 때 우리 이모가 나보고 그랬어. 아이고, 우리 B는 계집애가 못생겨도 너무 못생겼어. 너는 죽어라고 공부해야 쓰겠다. 그 얼굴로 어뜨케 시집이나 가겠니?" 지금 생각하면 기겁할 외모 평가지만 그 시절에 그런 품평은 하품이 나올 정도로 흔했다.

그때 언니의 아버지가 버럭 소리를 질렀단다. "무슨 소리야. 우리 딸은 커서 미스코리아 나갈 거야. 그런 소리 하지 마!" 아버지는 농담이 아니라 정말 그렇게 믿으면서 언니를 금이야, 옥이야 예뻐했다고 한다. B는 이모의 예언 혹은 저주대로 공부 열심히 해서 좋은 대학에 들어갔다. 그리고 자신의 자신감과 사랑스러움에 홀딱 반해 미친 듯이 쫓아다닌 남자와 결혼해서 지금까지 깨가 쏟아지게 산다나. B가 깔깔거리며 덧붙였다. "정말 고등학교 들어갈 때까지 미스코리아가 될 줄 알았다니까."

그때 B의 자신감과 매력의 근원을 깨닫게 됐다. 그렇게 환하고 멋지게 웃을 수 있었던 건 결국 부모의 무조건적인 사랑과 지지 때문이었던 것이다.

『왜 가족이 힘들게 할까』를 쓴 우즈훙은 이렇게 말했다. "엄마는 우리 삶의 첫 번째 거울이다. 세상에 갓 태어났을 때 엄마가 아이에게 주목함으로써 아이는 엄마라는 거울을 통해 자기 존재를 본다. 엄마가 아이를 보면서 공감하고 있는 그대로 받아들이며 기쁘게 여긴다면, 아이는 자기 존재가 가치 있다고 느낀다. 좋은 엄마는 아이에게 자신의 거울을 기꺼이 열어 보인다."•

• 『왜 가족이 힘들게 할까』, 우즈훙 지음, 김희정 옮김, 프런티어, 100페이지에서 인용

결국 B는 그를 아주 예쁘게 비춰준 아빠라는 거울이 있는 행운아였던 것이다.

B를 만나면서 사람의 매력 그리고 나의 매력에 대해 여러모로 생각하게 됐다. 엄마는 날 장녀로서 대단히 사랑하고 믿어줬지만 외모에 대해 긍정해준 적은 없었다. 언제나 내 옆에는 인형처럼 예쁜 여동생이 있었고, 엄마 친구들이나 동네 사람들이 우리 자매를 보면 항상 "둘째가 어쩜 그리 예뻐?"라고 말하며 나를 슬쩍 곁눈으로 보곤 했다. 그러면 엄마는 늘 이렇게 대꾸했다. "응, 우리 둘째가 좀 예쁘지." 그리고 물어보지도 않은 나에 대해서 덧붙였다. "우리 첫째는 개성을 살려서 키워줄 거야." 아니, 누가 물어봤냐고.

나는 엄마가 그렇게 덧붙이는 말이 더 싫었고, '개성'이란 말의 뜻이 뭔지 몰라 고민했다. '다른 사람이나 개체와 구별되는 고유의 특성'이란 뜻은 어린 내가 이해하기엔 너무 어려웠고, 동생보다 예쁘지 않으니 엄마가 둘러댄 변명이라고 생각했다. 그 결과 오랫동안 내 외모가 마음에 들지 않았다. 기나긴 그 시간은 고통스러웠고 힘들었다.

마흔이 돼서야 나는 비로소 내 얼굴, 내 몸, 내 외모의 모든 것을 받아들이고 편안해졌다. 왜 마흔이냐고? 아무리 예쁜 사람도, 아무리 못생긴 사람도 마흔이 넘으면 다들 비슷해지게 된다. 믿지 못하겠다면 한번 나이 들어보시라! 그것이 나이듦의 장점이기도 하다. 하하하.

아무튼 그런 이유로 나를 닮은 체질의(이른바 물만 먹어도 살이 찐다는 저주받은 체질!) 릴리가 살이 찌거나, 다이어트를 하다가 생각처럼 잘되지 않아도 자신의 몸을 미워하지 않기를 바랐다. 나처럼 굵은 허벅지를 꼬집으며 한탄하지 않기를 바랐다. 무엇보다 살이 찌건 빠지건 언제나 자신이 소중한 사람임을 인정하고 스스로를 사랑하고 예쁘게 바라보길 원했다. 자신을 미워하며 사는 인생이 얼마나 고통스러운지 알기 때문이다.

그래서 틈만 나면 하루에도 열 번씩, 스무 번씩 릴리에게 예쁘다고 말해줬고, 지금도 그러고 있다. 그냥 예쁘다고 하면 엄마가 으레 하는 말이거니, 하고 안 믿을까 봐 구체적으로 콕 집어서 말해준다. 너는 큰 눈이 예뻐, 엄마 닮아 얼굴이 작으니 얼마나 좋아, 오늘 입은 회색 셔츠가 네 피부톤과 어울려서 예뻐. 그러면 릴리는 샐쭉하면서도 입가에 살짝 미소가 번진다.

물론 그렇다고 해서 방탄소년단만큼이나 맛난 것을 좋아하는 릴리가 야식 파티를 좋내는 기적은 일어나지 않았다. 릴리는 다이어트를 하는 틈틈이(365일 입으로 하는 다이어트) '오늘은 치팅 데이'라고 외치며 편의점에서 산 것들을 주섬주섬 꺼낸다. "편의점에서 저런 것도 파냐!"며 나를 놀라게 하는 일도 규칙적으로 일어난다. 훈제 닭발, 스파게티 컵라면(한 입 먹어보라고 해서 먹었다가 경악했다, 너무 맛없어!), 편의점 롤케이크, 마지막으로 대미를 장식하는 스누피 커피우유.

나는 그렇게 야밤에 우적우적 먹는 릴리를 보며 생각한다. '괜찮아, 대학 가면 다 빠질 거야.' 물론 저절로 살이 빠지는 기적은 일어나지 않았다는 팩트는 일단 잊기로 한다. 혹시 릴리에게는 그런 기적이 일어날지도 모르잖아.

돈
앞에선
냉정하자

"올 한 해만 참아."

"알았어. 대신 올해 딱 일 년만이다."

릴리가 이번 달 학원비라며 말해준 액수에 순간 내 표정이 일
그러진 모양이었다. 그걸 본 릴리가 올해만 참으라며 나를 달랬
고, 나는 올해만 참겠다고 대꾸했다. 작년에 비해 올해 일월부터
학원비가 정확히 두 배 넘게 올랐다. 아니, 더 정확히 말하면 들어
야 할 과목들이 두 배 넘게 늘어나면서 학원비도 거기에 비례해서
늘어났다. 말로는 참겠다고 했지만 순간 눈이 캄캄하기도 했다.

정말 올해로 끝낼 수 있을까? 삼 년째 음대를 준비하는 딸의 사
교육비를 대느라 고생하는 동창의 얼굴이 떠올랐다. 나는 또 한

번 강조했다. "우리 집안에 재수란 없어!" 릴리는 고개를 끄덕였지만 어쩌겠는가. 내년에 혹여 재수를 하겠다면 딸라 빚이라도 얻든가, 안 되면 입고 있는 빤스를 팔아서라도….

사실 내가 불평할 입장은 아니었다. 릴리 또래의 아이를 키우는 친구들에게 물어보면 학원비가 이미 오래전에 백만 원 단위를 넘었다는 경우가 허다했다. 특히 둘을 키우는 친구들(셋 키우는 재벌 친구는 없다)은 이미 몇 년 전부터 그렇게 구멍 난 가계부로 살고 있었다면서, 이제야 그 개미지옥에 들어왔냐고, 그동안 참 팔자 편하게 살았다고 놀려댄다. 그렇구나. 다들 그렇게 힘들게 살고 있었구나.

친구들이 한 달에 얼마나 버는지 뻔히 아는데 그런 막대한 돈을 학원비로 쓰고 있었다니, 새삼 노고에 고개가 수그러졌다. 한편으로 화가 나기도 했다. 신문 기사나 TV 뉴스에 나오는 교육비 평균은 대체로 27~28만 원 언저리라고 하던데. 대체 어떤 수치를 참고로 쓴 것이냐. 그런 기사를 쓰는 기자들은 분명 아이가 없는 게 아닐까. 아니면 학원비를 뺀 학습지 비용만 넣었나?

어쨌거나 이제 나도 등골이 휘어지는 학부모 대열에 진입했다. 학원비를 대려고 필라테스 수업도 포기했다. 잘됐지, 어차피 비싼 돈 내고 고문받는 기분으로 매번 갔는데. 엄마는 배달시켜 마시던 우유까지 끊어가며 모은 돈으로 어학연수도 보내줬는데, 그깟 필라테스가 대수랴. 무엇보다 이렇게라도 학원비를 줄 수 있어서 얼마나 감사한 일인가. 마음은 굴뚝이어도 돈이 없어서 못 보내며 피눈물을 흘리는 부모도 많다.

대체로 그동안 릴리와 나와 돈을 둘러싼 삼각관계는 지극히 건조하고 현실적으로 흘러왔다. 릴리는 어릴 때부터 용돈은 아빠에게 매주 일정 금액을(내가 봐도 조금 부족하다 싶게) 받아왔고, 외가 식구들을 만나면 듬뿍 받는 용돈으로 비상금을 챙겼다.

허나 용돈이란 원래 받고 또 받아도 부족한 요물. 그래서 릴리는 중학교 때 주말마다 서울에 있는 이모 집에 가서 자기보다 일곱 살 어린 사촌 동생 호야에게 영어와 수학을 한 시간씩 가르쳤다. 호야는 갓난아기 때부터 봐온 사촌 누나라면 사족을 못 썼는데, 죽어도 하기 싫은 공부지만 누나를 본다는 일념으로 버텨냈다. 릴리는 그렇게 두 시간 동안 사촌 동생을 봐주며 이모에게 과외비를 받아 기쁜 마음으로 돌아오곤 했다.

그러고도 릴리의 용돈은 언제나 빠듯했다. 당연하겠지. 학교 끝나고 친구들과 편의점에 들러 삼각김밥도 먹고, 스누피 초코우

유도 마시고, 또 좋아하는 노래방도 가고, 피시방도 가려면 아무리 이리저리 머리를 굴려봐도 부족할 수밖에.

그래서 릴리는 돈이 떨어지면 설거지를 하겠다고 나선다. 한없이 귀찮은 설거지를 맡기고 몇천 원 쥐여주면 나야 편하니 서로에게 윈윈이다. 왜 설거지를 할 때마다 접시가 매번 깨지는지, 그 미스터리는 아직도 풀지 못했지만. 릴리가 집 안의 모든 접시를 깨먹는 날, 그동안 눈독 들이고 있던 코렐 접시 세트를 사겠다며 나도 남몰래 야심을 불태우는 중이다.

그로부터 꽤 오랜 시간이 지난 후, 릴리가 몰래 전단지 알바를 하고 있다는 사실을 우연히 알게 되었다. 잠깐 친구를 만나고 오겠다, 독서실에서 공부하다 오겠다, 학생회 모임이 있다 등등의 다양한 이유(라 쓰고 거짓말이라 읽는다)를 철석같이 믿고 보내줬는데, 릴리 방에서 각종 전단지가 한두 장씩 발견되는 게 아닌가. 집에 오는 길에 받았나 생각했는데. 알고 보니 방탄소년단 콘서트 티켓을 사고 싶어서 시작한 아르바이트였다.

처음에는 어이가 없었지만 모르는 척했다. 과외든 전단지 알바든 뭐든 해보는 건 나쁘지 않으니까. 무엇보다 남의 돈을 버는 것이 얼마나 힘든지 일찍부터 알면 좋다고 생각했다. 사회생활을 하면서 알게 된 아이러니한 진실 중 하나는 평생 자기 손으로 돈 한 푼 벌어본 적 없는 사람들이 더 돈의 소중함을 모르고, 돈 없는 사람들을 하찮게 본다는 것이었다. 릴리를 그런 무례한 인간으로 만들고 싶지 않았다.

비밀을 들킨 릴리는 거짓말하지 않고 공개적으로 알바를 다녔고, 목표한 금액을 다 모으자 그만뒀다. 전단지 알바를 하면서 배운 게 있냐고 물어보자 처음에는 사람들이 받아주지 않아서 힘들었지만 나중엔 요령을 익혀서 다 돌릴 수 있었다고 했다. 비결이 뭐냐며 궁금해하자, 먼저 활짝 웃으며 다가가서 구십 도 각도로 인사하고 전단지를 주면 대부분 받아준다고. 게다가 전단지 돌리는 일이 얼마나 힘든지 알게 된 후로 길거리에서 주는 전단지는 항상 "고맙습니다"라고 말하며 받게 됐단다. 그런 말을 들으니 어쩐지 어른인 내가 부끄러워져서 그 후부터 어르신들이 돌리는 전단지는 다 받는다.

지독한 엄마라고 욕할지도 모르겠지만 릴리와 나는 채무관계도 얄짤없다. 릴리는 아빠의 용돈을 기다릴 수 없을 정도로 빈털터리가 되면 오천 원, 만 원씩 빌려간다. 나는 언제나 그 돈을 잊지 않고 받아냈다. 건망증이 치매 수준으로 심한 와중에 자식에게 받아야 할 몇천 원은 잊어버리지도 않고 악착같이 받아내다니. 나도 참 어지간하다 싶어 쓴웃음이 나올 때도 있지만. 그래도 릴리를 위해서라고 생각하며 꼬박꼬박 갚게 한다. 채무의 무서움, 사채의 무서움, 이런 건 학교에서 가르쳐주지 않으니까.

이제 부쩍 철이 든 릴리는 별다른 일거리가 없어 보이는 아빠가 양육비며 용돈을 어떻게 마련하는지 아냐고 나에게 물어볼 때가 있다. 난들 아나. 아빠가 어떻게 그 돈을 마련하고 있는지. 아빠에게 물어봐도 대충 얼버무린다고 해서 더 이상 물어보지 말라고 했다. 아빠는 나름대로 그 돈을 마련하기 위해 애를 쓰고 있을 테니. 너는 너대로 그 돈이 얼마나 힘들게 생긴 돈인지 알고 아껴 쓰면 된다고 대답해주었다. 알았다고는 하지만 요즘 중독된 마라탕을 사 먹는 횟수는 딱히 줄어든 것 같지 않다.

내
안 의
올 렌 카

릴리가 일주일에 두세 번은 먹어야 한다고 주장하는 마라탕을 같이 먹고 가로등이 환하게 비치는 공원 길을 자박자박 걸어서 집으로 가던 길이었다. 얼마 전부터 사귀기 시작해서 이제 육십 일이 되었다는 남자친구 이야기를 하다가 문득 릴리가 물었다.

"남자를 사귈 때 좋아하는 마음은 좀 작지만 있는 그대로의 나를 보여줄 수 있는 편한 사람이 좋을까? 아니면 엄청 좋아하지만 평소 모습을 보여주긴 힘든 사람이 좋을까. 어떤 사람을 사귀는 게 좋겠어?"

릴리와 나는 서로의 연애에 대해 스스럼없이 말하는 편이다. 엄마가 이런저런 사람을 사귀어보니 어떻더라, 하는 연애 선배 입장에서 말해주면 신기해하고 재미있어 하며 듣는다. 어릴 적만 해도 같은 반 누가 초콜릿과 쿠키를 들고 공부하는 독서실 밖에서 몇 시간 동안이나 기다렸다는 둥, 쪽지를 줬다는 둥 잘도 이야기해주더니(딸 이야긴데도 왜 내가 설레던지) 사춘기에 들어서면서 자신의 연애는 비밀로 하려 했으나…. 세상에서 가장 무서운 게 엄마의 촉 아니던가(두 번째는 아내의 촉이겠지만). 태권도 학원에 다닐 때 일 년 위 선배와 사귀다 들킨 후로는 남자친구가 생기면 나에게 말해준다.

그래서 간만에 두근두근 가슴 뛰는 모드로 들어간 릴리가 던진 여러 개의 물음표가 걸린 질문에 나는 두 번도 생각 안 하고 바로 대답했다.

"같이 있을 때 편하고 네 모습을 다 보여줄 수 있는 상대를 만나. 연애도 그렇지만 결혼은 특히 더 그래. 사랑이란 감정의 유효기간은 길어야 삼 년이라는 말이 있어(내 경험상 석 달을 못 가던데…). 상대가 너무 좋아서 네가 일방적으로 맞춰주는 관계는 오래 못 가. 서로 맞춰줘야 이상적이지. 그러려면 먼저 자신을 솔직하게 보여줘야 너와 잘 맞고 편한 사람을 찾을 수 있어."

내 대답에 릴리는 고개를 끄덕였지만 내 마음이 얼마나 전달됐는지는 모르겠다. 이건 정말 아주 중요한 이야기란다.

릴리의 이야기를 듣다 보니 오래전에 읽었지만 지금도 여전히 가슴에 사무치는 안톤 체호프의 단편 「귀여운 여인」과 내 젊은 날의 연애가 떠올랐다.

올렌카라는 여인이 있다. 발그레한 볼과 복스럽게 살이 오른 얼굴에 사랑스런 미소를 띠고 항상 방글거리는 올렌카를 사람들은 다들 좋아하며 귀여운 여인이라고 부른다. 올렌카는 항상 누군가를 향한 애정에서 자신의 존재 가치와 목소리를 발견하는 사람이다. 같이 살면서 하늘처럼 우러러보던 홀아버지가 돌아가시자, 그녀는 한집에 살던 야외극장 매니저와 사랑에 빠져 결혼한다.

그때부터 그녀는 신파만 좋아하는 저속한 대중의 취향에 개탄하는 남편에게 맞장구를 치면서 같이 극장을 운영한다. 그러다 안타깝게도 남편이 급사하자 목재상을 하는 남자와 재혼한다. 그녀가 일요일에 미사 드리는 것이 유일한 낙인 남편을 따라 하자 사람들은 극장에 가서 연극도 보고 즐겁게 살라고 권하지만, 올렌카는 저속하게 무슨 연극이냐고 반문한다.

두 번째 남편이 폐렴에 걸려 세상을 떠난 후, 사랑을 멈출 수 없는 올렌카는 그녀의 집에서 셋방살이를 하던 유부남 수의사와 사랑에 빠져 부주의한 가축 관리에 대해 열변을 토하는 사람이 된다.

수의사마저 떠난 후 완벽하게 혼자가 된 그녀는 "자기 의견을 가질 수 없다는 것이 얼마나 무서운 일이었는지 모른다"며 괴로워한다. 연인의 말과 생각을 자신의 것이라고 착각했던 그녀에게 사랑하는 이가 사라지자 껍데기만 남은 것이다.

나도 올렌카 같은 시절이 있었다. 올렌카처럼 자동적으로 사랑하는 이의 생각과 말을 내 것으로 여겼다는 뜻은 아니다. 내 안의 올렌카는 바로 음식이었다. 연애의 루틴이란 대개 거기서 거기로 카페에 가서 커피나 디저트를 먹고, 밥을 먹고, 영화를 보거나 술을 마시는 수순이기 마련. 그렇게 둘이 밥을 먹다 보면 대개 한쪽이 양보하는 상황이 벌어진다. 결과적으로 특별히 좋아하는 음식도 없고, 가리는 음식도 없는 내가 항상 남자친구의 식성에 맞추게 되었다.

그러다 보니 닭고기를 싫어하는 남자친구를 만났을 때는 한 번도 닭갈비나 통닭, 찜닭 같은 요리를 먹지 못했다. 따지고 보면 나는 닭 요리를 무척 좋아하는데. 그다음 남자친구는 회라면 질색했다. 당연히 그와 사귈 때는 횟집 근처에도 못 갔다. 사실 내가 회는 없어서 못 먹는 사람인데. 그다음 타자는 닭은 좋아하지만 돼지는 역겨워했다. 그 사람을 만나면서 삼겹살, 족발과 눈물의 이별을 했다. 사실 삼겹살 미치게 좋아한다고!

난이도 최상의 연애 상대는 채식주의자였다. 지금이야 그나마 채식주의 전문 식당이 많이 생겼지만 그와 연애할 때는 이십 년도 훨씬 전이었다. 결과적으로 국이나 찌개나 메인 요리에 고기를 넣지 않는 식당을 찾고 또 찾다가 쫄쫄 굶는 일이 허다했다. 배가 고프면 울분이 치미는 증상이 있는 나는 그와 헤어졌을 때 몰래 안도의 숨을 쉬었다.

그러다 마흔이 됐을 때 인생이 주는 서프라이즈처럼 전에 없던 새우와 밀가루 알레르기가 생겼다. 그 후로 다른 사람들과 식사를 하면 나 때문에 새우 요리를 못 먹거나 하나 정도만 시키는 경우가 자주 발생한다. 잘못하면 그 자리에서 두드러기가 폭발해 병원이나 약국으로 달려가야 하는 사태가 벌어지니 다들 그러려니 이해해준다. 본의 아니게 배려받는 느낌이 좋기도 하고, 미안하기도 하고, 얼떨떨하기도 하다.

요즘은 내가 먹고 싶은 음식을 당당하게 말하고 상대의 기호와 절충해 메뉴를 고른다. 식성이나 취향 때문에 누구 하나가 토라지거나 싸우는 일은 없다. 어디까지나 좋아하는 사람과 밥 한 끼 먹는 사소하고 기쁜 자리니까. 그런데 왜 그때는 내가 좋아하는 닭 갈비나 삼겹살, 회를 먹자는 말을 한 번도 못 했을까.

돌이켜보면 그 정도는 양보하고 맞춰줘야 한다고 생각했던 것 같다. 좋아하는 사람과 같이 있을 때는 그가 좋아하는 말만 하고 싶었고, 우리 사이에 조그만 균열이라도 생길까 불안하고 두려웠 다. 하지만 그렇게 본심을 감추고 참고 또 참다 보면 사소한 감정 들이 쌓이고 쌓여 내 안에서 거대한 화산이 됐다. 그러다 아주 사 소한 일에 발끈해서 그동안 부글거리던 용암 같은 감정들이 터지 면 코에서 불길을 뿜어내는 공룡처럼 어마어마하게 화를 냈다. 상 대는 당연히 기겁했고. 그때 나는 참 사귐에 미숙했다.

좋아하는 사람과 만날 때는 나의 다양한 모습을 보여주고, 상 대와 타협하며 맞춰가고, 가끔은 소소하게 싸우기도 하면서 서로 를 더 깊이 알아가고 관계를 발전시켜야 했는데. 서로가 완벽하게 맞물리는 나사 같은 관계가 되어야 한다는 생각에, 아주 미미한 어긋남도 이별의 징조로 해석하며 불안해했다. 그런 건강하지도, 자연스럽지도 않은 관계가 끝나는 건 너무나 당연했다.

세상에 존재하는지도 몰랐던 두 타인이 만나 호감을 느끼다 조 금씩 가까워지면서 좋아하게 되는 관계의 발전 속에서, 상대의 감정과 의견을 습자지처럼 흡수해 완벽한 하나가 되는 것은 건강하지 않다. 상대에게서 나의 목소리, 나의 생각, 나의 의견이 거울처럼 비치는 관계를 원하는 사람도 있을지 모르겠지만, 그건 얼마나 끔찍하고 비현실적인가.

단단하게 서로 성장하는 진정한 관계를 원한다면 솔직하게 스스로를 드러내 상대가 그 모습마저도 좋아할 수 있는지 시험해봐야 한다. 여러 번의 실연을 통해 가끔 생기는 사소한 충돌마저 견뎌내지 못할 얄팍한 감정이라면 헤어지는 게 낫다는 사실을 깨달았다.

저녁 공원 길에서 그 이야기를 나누고 얼마 후, 릴리는 남친과 헤어졌다고 말했다. 좀처럼 자기 마음을 헤아려주지 못하는 그에게 먼저 이별을 통보했다고. 대신 다시 친구로 돌아가자고 했는데 소년이 그건 곤란하다며 칼같이 거절했단다(소년이 좀 뒤끝 있네). 나는 잘했다고 릴리의 등을 다독여주었다.

울 고
싶 을 때
어 떻 게 해 ?

"엄마는 울고 싶을 때 어떻게 해? 엄마는 어떨 때 울어?"

아이가 느닷없이 울음에 대해 물어보니 가슴이 철렁했다. 아장아장 걷다가 꽈당 넘어져서 우는 아기가 아니라, 뭐든 감추려 들기 십상인 십 대인 아이가 대놓고 물어보니 두렵고 당혹스러울 수밖에.

으앙! 하고 울음을 터트리는 아기는 얼른 달려가서 안고 어르며 달랠 수 있지만 십 대의 울음은 도통 이해할 수 없어 불안하고 안타깝다. 무엇보다 십 대의 눈물이 난감한 이유는 그것이 미스터리이기 때문이다. 자존심 문제도 있고, 개인적으로 엄마에게 밝히기 싫은 일도 있을 것이고, 때로는 자신도 왜 우는지 모를 테니까(물어보니 세 번째 이유가 가장 크다고 한다). 그렇지만 더 이상 혼자 버텨낼 수 없고, 위로받고 싶고, 대처 방법도 같이 찾아보고 싶어서 먼저 손을 내밀었을 마음을 생각하니 나도 울고 싶어졌다.

"엄마라고 안 울까. 가끔은 울고 싶을 때가 있지. 근데 요즘은 별로 없었던 것 같아. 왜? 너 요즘 울고 싶니?"

그러자 릴리는 그 큰 눈에 금방이라도 눈물이 고일 것처럼 위태로운 눈빛으로 나를 보며 대답했다. "요즘 매일 울어. 밤마다 베개가 축축해지도록 울다가 자."

드디어 두려워하던 사태가 벌어졌다. 이미 심장이 떨리기 시작했지만 내가 지나치게 동요하거나 놀라면서 호들갑을 떨면 그런 심정이 아이에게 전염돼서 동요하다 입을 다물어버릴까 두려웠다. 나는 속으로 심호흡하며 대답했다. "그랬구나. 왜 울었어? 말해봐. 도와줄 수 있는 게 있으면 도와줄게."

조금은 예상했지만 릴리는 고등학교에 진학해 이과를 선택하면서 대대적으로 달라진 학교 수업을 따라가기 힘들었고, 자존감도 낮아졌다고 한다. 나에게는 밝힐 수 없는 친구들과의 갈등 때문에 적잖이 괴롭기도 했고. 그런 마음을 나름 소상히, 하지만 여전히 또렷하진 않게 설명했다. 나는 생각해낼 수 있는 해결책을 몇 가지 말해주고, 친구들은 시간을 좀 더 두면서 지켜보라고 말했다. 언제나 그렇듯 엄마가 항상 옆에 있을 것이고, 넌 결국 이 어려움을 이겨낼 거라는 말과 함께.

딱히 그럴듯한 해답을 주진 못했지만 혼자 끙끙거리던 마음을 풀어놔서인지 아이의 눈빛은 한결 가벼워졌다. 그걸 보니 정혜신이 쓴 『당신이 옳다』라는 책의 한 구절이 떠올랐다. "사람은 상대가 하는 말의 내용 자체를 메시지의 전부라고 인식하지 않는다. 순간적으로 그 말이 내포한 정서와 전제를 더 근원적인 메시지로 파악하고 받아들인다."•

릴리가 처음 울었던 때를 떠올려본다. 배가 고프다거나, 기저귀를 갈아달라거나, 어디가 아파서 우는 그런 울음이 아니라 내가 감당할 수 없어 난감했던, 슬퍼서 터져 나온 첫 울음.

릴리가 네 살인가 다섯 살 때 일이었다. 휴일인데 마침 급한 마감이 있어서 릴리와 같이 놀아줄 수 없었던 나는 영화 〈마음이〉를 틀어줬다. 릴리는 그때 강아지를 키우고 싶다는 열병에 걸려 있

• 『당신이 옳다』, 정혜신 지음, 해냄, 50페이지에서 인용

었으니까. 예상대로 릴리는 그 영화에 빠져들었고, 나는 안심하고 일을 할 수 있었다.

한참 자판을 치고 있는데 느닷없이 릴리의 울음소리가 들렸다. 놀라서 달려가보니 마음이가 고난에 처한 장면에서 터진 울음이었는데, 아무리 달래도 그치지 않았다. 마음이가 지금은 힘들지만 곧 사랑하는 주인을 다시 만나 행복하게 잘 살 거라고 스포일러를 터트려도 릴리는 마음이가 너무 불쌍하다며 울고 또 울었다. 조그만 몸에서 어떻게 그렇게 눈물이 끝도 없이 나오던지. 릴리를 꼭 안아주는 것밖에 할 수 없었다.

두 번째로 잊을 수 없는 릴리의 울음은 유치원 졸업식에서였다. 서울에서 살다 경기도로 이사 와서 릴리는 일 년 동안 집 앞에 있는 유치원에 다녔다. 처음 들어간 반의 아이들은 아주 어렸을 때부터 몇 년 동안 같이 다닌 사이라 릴리가 서먹해질 수 있는 분위기였다. 그래도 아이들이니 금방 친해질 거라고 믿었던 내 생각은 짧았고, 릴리는 거기서 따돌림을 당했다. 공교롭게도 유치원 졸업을 앞둔 두 달 전쯤 일어난 일이었다.

교사들에게 그 문제를 이야기했지만 시정되는 기미는 보이지 않았고, 오늘도 아이들이 놀리면서 같이 놀아주지 않았다는 릴리의 하소연을 들으면 마음이 찢어질 것 같았다. 유치원을 그만둘까 싶다가도 두 달이란 시간이 어중간해서 어쩌다 보니 졸업식까지 갔다. 어쩌면 그 아이들에게 지고 싶지 않다는 마음이 있었는지도 모르겠다는 생각이 뒤늦게 난다.

후련한 마음으로 서 있는데 졸업식이 끝나는 순간 릴리가 울기 시작했다. 꼬맹이들이 졸업이 뭔지 알겠냐 싶었던 학부모들은 모두 아연해졌다. 그중에서도 가장 어안이 벙벙했던 사람은 나였다. 죽고 못 사는 친구들이 있는 것도 아니었고, 왕따도 당한 마당에 왜 그리 울었을까? 뒤늦게 서러워서? 나는 우는 릴리를 껴안고 물었다.

"왜 울어?"

"나도 모르겠어."

그렇게 대답하는 릴리를 말없이 안아주었다.

그 후에도 릴리는 같이 영화나 텔레비전을 보다가도 잘 울었다. 슬그머니 걱정이 될 때도 있다. 아이의 슬픔을 내가 해결해줄 수 없어 걱정되고, 남들은 아무렇지 않게 넘어가는 일에 유달리 감수성이 예민한 그 마음이 걱정되고, 앞으로도 저렇게 울 때 내가 옆에 있어주지 못할 경우를 떠올리며 걱정이 됐다.

난 그리 다정하지 못한 편이라, 내 앞에서 우는 사람을 보면 예전에는 어찌할 줄을 몰라 머뭇거리면서 살갑게 챙겨주지 못한 적도 많았다. 이제는 부단히 노력해서 어느 정도 나아졌지만 그런 나도 자식이 울면 억장이 무너진다.

릴리는 그때 울었다고 고백한 후로 다시는 그런 이야기를 꺼내지 않았다. 물론 혼자 베갯잇을 적시는 밤이 있었겠지만 내게 SOS를 칠 만큼 심각한 일은 아니라 그냥 넘어갔을지도 모른다. 그런 릴리를 보면 조금은 안심이 되고 다행이다 싶다. 작은 몸이 금방이라도 폭발할 것처럼 오열하던 아이는 이제 자신의 울음을 주체할 수 있을 정도로 컸다.

앞으로도 살다 보면 어쩔 수 없이 눈물을 흘리는 순간이 번번이 찾아오겠지. 그래도 릴리는 자신의 울음을 감당하는 법을 스스로 익혀가고 있다고 생각한다. 그것이 성장일지도 모르겠다. 다만 예전에 그랬듯 나 요즘 힘들다고, 운다고 가끔은 말해주면 좋겠다. 그러면 하나는 할 수 있으니까. 꼭 안아주며 내가 옆에 있다고 말해주는 것. 그거 하나는 잘할 수 있다.

세 상 이
키 워 준
아 이

배우 키키 키린을 좋아한다. 어느 영화에서 그녀를 처음 봤는지는 잘 기억나지 않는다. '처음'이라고 꼭 집어 말할 만큼 첫인상이 강렬하진 않았고, 무엇보다 내가 보는 일본 영화에 항상 나오는 것처럼 보였으니까.

그녀에 대한 애정이 언제 어디서부터 시작됐는지는 알 수 없다. 고레에다 히로카즈 감독의 영화에 '당연히 내가 나와야 하는 거 아니야'라는 새침한 표정과 함께 엄마나 할머니로 등장하는 그녀에게 차츰 익숙해졌다. 나중엔 키키 키린이 없는 고레에다 히로카즈 영화는 어쩐지 그의 영화가 아닌 것 같은 인상이 박혀버렸다.

그녀의 출연작 중에서도 특히 좋아하는 것은 〈걸어도 걸어도〉, 〈어느 가족〉, 〈일일시호일〉, 〈바닷마을 다이어리〉이다. 노부부의 아기자기하고 사소하면서도 귀여운 일상을 담은 다큐멘터리 〈인생 후루츠〉에서 내레이션을 맡은 담담한 목소리도 아주 정겨웠다. 그러니 그녀가 세상을 떠나고 나온 『키키 키린: 그녀가 남긴 120가지 말』이라는 책이 서점에 깔리자마자 사서 읽은 건 팬으로서 당연한 의무였다.

키키 키린을 좋아했던 이유 중 하나는 자신의 출연작이 개봉될 때마다 선심 쓰듯 하는 인터뷰를 통해, 그녀에게 의외로 굉장히 심술궂은 면이 있다는 사실을 발견했기 때문이다. 그걸 감추지 않고 그대로 드러내는 솔직한 모습이 너무 재미있었다.

이를테면 이런 것이다. 한 인터뷰에서 고레에다 감독의 〈원더풀 라이프〉 속 설정처럼 인생에서 간직하고 싶은 한 순간을 꼽아달라고 하자 이런 이야기를 들려줬다. 키린은 결혼하고 삼 년을 살다 사십오 년간 별거한 남편이자 록 뮤지션인 우치다 유야가 이혼 소송을 걸어서 법정에 섰다고 한다. 그때 판사가 "부인, 저렇게나 싫어하는데 헤어져주시지요?"라고 간절하게 말했는데도 절대 들어주지 않았는데, 그게 바로 인생에서 간직하고 싶은 순간이라고 한다.

딱 꼬집어서 답한 것을 보며 으하하 웃음이 터지지 않을 수 없었다. 물론 그렇게 헤어지고 싶었는데 평생 이혼도 못 하고 호적상 남편으로 살아야 했던 남자의 입장은 또 다르겠지만….

키키 키린이 남긴 말은 생전의 그녀답게 간결하면서도 정곡을 찔렀다. 자기답게 살고, 자기 속에 벽을 쌓지 말고, 인생에 대한 메시지는 자기가 알아서 찾으라고 하는 말에 고개를 끄덕이고 있는데, 갑자기 눈에 들어온 한 문장이 있었다. 남편과 별거하고 혼자 키운 딸에 대해 그녀는 이렇게 말한다. "우리 아이는 세상이 키워준 느낌입니다."

혼자 사는 여배우가 아이를 키우려다 보니 촬영 현장에도 자주 데리고 갔는데, 주변 사람들이 모두 사랑해주었다고 한다. 동료 배우가 아빠가 없어서 쓸쓸하겠다며 전화도 자주 해주었다는 에피소드를 읽으며, 나는 릴리도 그렇게 세상이 키워준 아이란 생각이 들었다.

나야 키키 키린처럼 유명한 여배우가 아니니 데리고 나갈 촬영 현장도 없고, 집에 콕 틀어박혀 일하느라 외출도 자주 하지 않아서 릴리가 외롭게 자랄 수도 있었지만, 사실은 그렇지 않았다. 서울에서 지하철을 타고 와 손녀를 아낌없이 사랑해주는 외할머니, 릴리를 무척이나 아끼는 이모와 이모부, 누나라고 하면 껌벅 죽는 일곱 살 터울의 사촌 동생.

뿐만 아니다. 랜선 이모들과 삼촌들의 사랑도 담뿍 받았다. 블로그 이웃들은 릴리의 이야기와 사진을 보다 정이 들어서 인형과 장난감, 그리고 사랑을 같이 보내주었다. 릴리의 생일이나 릴리가 시험을 본 날엔 꼬박꼬박 카뱅으로 용돈을 보내주는 친한 언니들도 있다. 얼굴도 이름도 모르는 이모들, 삼촌들, 엄마의 친구와 지인들이 보내주는 선물과 애정을 받으며 콩나물처럼 쑥쑥 자란 셈이다.

릴리는 인사성이 밝아서 아파트 경비원 아저씨들에게도 인기가 무척 많았다. 꼬박꼬박 큰 소리로 인사하는 릴리를 보며 기특하고 대견해하는 아저씨들이 많았고, 그런 릴리가 너무 예쁘다고 박봉을 쪼개 용돈을 주시거나 주민들에게 선물로 받은 간식거리를 안겨주시는 분들도 많았다. 받고 있을 수만은 없어서 답례 선물을 드리고 돌아오는 날에는 내 아이가 사랑받는 느낌에 덩달아 행복해졌던 기억이 생생하다.

그런 사랑 덕분인지 릴리는 햇빛을 실컷 받으며 쑥쑥 크는 해

바라기처럼 근본적으로 사람에 대한 믿음과 애정이 깔려 있는 사람으로 자랐다. 가끔 세상에 대해, 사람에 대해 내가 무심코 냉소적인 말을 할 때 그렇지 않다고 반박하는 릴리를 볼 때면 이 아이는 양의 기운, 밝은 기운을 받은 게 아닐까 하며 안도하게 된다.

이제 릴리는 아가씨에 가까울 정도로 커버렸지만 사랑을 줄 수 있는 아이는 아직도 너무나 많다. 친조카들도 예쁘지만 지인이나 후배들에게 아이가 태어나 아장아장 걷고, 울고, 우는 모습을 보면 그렇게 사랑스러울 수가 없다. 그래서 그 아이들이 돌잔치를 하거나 학교에 들어가는 인생의 큰 이벤트가 생기면 종종 케이크나 옷, 가방, 인형 등을 챙겨 보낸다. 부쩍 자라 대입을 앞둔 이들에게는 초콜릿이나 엿을 보내기도 한다.

오래전 릴리가 받았던 무수한 선물과 애정을 기억하며 이제는 내가 거기에 답하고 있는 것이다. 그렇게 보낸 인형을 안고 웃고 있거나, 내가 보낸 옷을 입은 아이들의 사랑스런 사진을 받으면 가족이 몇 배로 늘어난 것 같아 흐뭇하다. 그럴 때면 조용히 기도한다. 이 예쁜 아이들이 모두 건강하고 무사하게 크기를. 이들이 받은 모든 사랑이 햇빛처럼, 양분처럼 쏙쏙 스며들어 멋진 사람으로 성장하기를.

나는 이미 이 기도의 답을 알고 있다. 많은 사람의 애정과 믿음을 받은 아이는 잘 클 수밖에 없다는 것을. 그래서 아이를 키우는 데는 온 세상이 필요하다는 말이 나왔나 보다, 새삼 공감하며 고개를 끄덕이게 된다.

우 리
둘 의
리 추 얼

허리가 배겨서 더는 누워 있을 수 없을 때까지, 온몸의 졸음기가
다 가실 때까지, 암막 커튼 사이를 뚫고 들어오는 햇살을 무시할
수 없을 때까지 버티고 또 버티다 마침내 벌떡 일어나 앉는다. 언
제나 그렇듯 고양이 송이는 내 종아리 사이에서 자고 있다. 추운
겨울에는 몸을 동그랗게 말고, 더운 여름에는 스트레칭하는 것처
럼 온몸을 일자로 쭉 펴고. 손을 뻗어 송이를 부드럽게 쓰다듬으
면 몹시 귀찮은 표정으로 눈을 뜬다. 그 작고 동그란 이마에 뽀뽀
를 하자마자 부스스한 털 몇 가닥이 곧장 입속으로 들어온다. 나
는 입술에 달라붙은 털을 떼어내며 일어난다.

　토요일 오전이다. 평일 아침마다 좀비처럼 허우적거리며 걸어

가서 기절 수준으로 뻗어 있는 릴리를 깨우지 않아도 되는 날. 일주일 중에서 가장 좋아하는 시간이다.

나는 물을 한 잔 마신 후, 릴리 방으로 간다. 침대 위에 눕거나 앉아 있는 무수한 인형들 사이에 간신히 한 자리를 차지한 릴리를 보고 조금 더 재우기로 한다. 현관 밖에서 신문을 가져와 식탁에 놓고, 조금 전에 스위치를 눌러놓은 포트에서 요란한 소리를 내며 끓고 있는 물을 스타벅스 에스프레소 잔에(외국에 갈 때마다 그곳에서 제작된 스타벅스 에스프레소 잔을 사 모으고 있다) 따른 뒤 2분의 1 칼로리 믹스커피를 붓고, 찬장에 넣어둔 과자를 하나 가져와 신문을 보며 먹는다.

아침에 일어나자마자 달달한 것을 먹어야 비로소 힘이 나는 이 몹쓸 습관이 언제부터 생겼는지 모르겠다. 부끄럽게도 이것이 아침을 여는 일과가 됐다.

그토록 좋아하는 토요일 오전이 정오로 기울어질 무렵 나는 릴리 방에 대고 소리를 지른다. "그만 일어나! 열두 시 다 됐어." 그러면 어김없이 그 놀라운 사실을 믿을 수 없어 하며 괴로워하는 릴리의 신음이 들려온다. 그러다 다시 잠이 드는 일도 다반사라 계속 일어나라고 해야 한다.

릴리는 일어나자마자 핸드폰을 보며 오 분쯤 누워 있다가 주방으로 가서 물을 한 잔 마신다. 그리고… 이제부터 무엇을 먹으러 갈지 짧게 회의한다. 우리는 토요일 아침마다 브런치를 먹으러 간다.

브런치라고 해서 인스타그램에 단골로 올라오는, 너무 예뻐서 손도 댈 수 없을 것처럼 화려하고 고급진 샌드위치나 와플을 떠올리면 안 된다. 우리의 브런치는 굉장히 현실적이니까. 그때그때 위장 상태와 기분에 따라 왕돈가스를 먹으러 가기도 하고(정말 어마어마한 대형 돈가스라 하나를 다 먹으면 피로해진다), 전주 콩나물 해장국집에(전주에서 먹은 콩나물 해장국과 똑같다) 가기도 한다. 나는 언제나 끓인 콩나물국밥, 릴리는 돼지국밥.

가끔 릴리가 좋아하는 스테이크와 파스타 세트로 유명한 레스토랑에 갈 때도 있지만 아침부터 과자를 욱여넣은 배 속에 진하고 달콤하고 느끼한 소스를 다량으로 투하한 스테이크, 생크림 범벅인 파스타를 넣으면 아무래도 속이 부대낀다. 물론 먹으면서 이게 다 몇 칼로리냐고 속으로 경악하기도 하고.

요즘 우리의 브런치 메뉴는 마라탕. 마라탕에 중독된 릴리를 위해 토요일 아침이면 별다른 고민이나 의논 없이 간다. 매운 것을 못 먹는 나를 위해 매운맛 일 단계로 주문하지만, 애교 많고 웃음소리가 예쁜 사장님이 내오는 마라탕이 그래도 매워서 끝도 없이 물을 마시다 보면 배가 풍선처럼 빵빵해진다.

마라탕 시대 이전의 디저트는 으레 카페에서 해결했다. 나는 뜨거운 아메리카노, 릴리는 달달한 아이스박스 케이크. 디저트를 같이 먹으면서 평소 집에서는 하지 않는 이야기를 나눴다. 일본에서 어느 대학을 가면 좋겠다는 이야기를 한 곳도, 릴리가 반 친구와 사귄다는 이야기를 한 곳도 그 카페였다. 재미있는 최신 영화를 보러 가자고 하거나 다가올 가족 생일선물에 대해 상의하기도 했다. 그냥 아무 말 없이 나는 가져간 책을 읽고, 릴리는 핸드폰을 보며 케이크를 먹을 때도 있었다.

요즘은 식당 근처에서 마카롱을 하나씩 사 들고 집에 오는 길에 먹는다. 딱 세 입이면 꿀꺽에, 지옥처럼 달고 가격은 사악한 마카롱은 마라탕의 매운 뒷맛을 달래기에 제격이다.

집으로 가는 짧은 길에 키가 큰 나무들이 줄줄이 서 있는 공원을 지나며 도란도란 이야기를 나눈다. 그 길에 한없이 늘어져 있는 길냥이나 주인 따라 산책 나온 강아지를 보며 환호하기도 하고, 무뚝뚝하고 눈치 없는 릴리 아빠의 흉을 보기도 한다. 번역하고 있는 책에 나온 재미있는 이야기를 할 때도 있고 릴리가 학교에서 일어난 일을 들려주기도 한다.

이렇게 주말 브런치가 우리의 리추얼이 된 것은 아마도 뉴질랜드 어학연수 시절에 봤던 어떤 풍경 덕분이 아닐까 싶다. 1997년 IMF 사태가 터졌을 때 토익 강의를 하던 기업체 여섯 군데서 일시에 수업 중단 통보를 받았다. 느닷없이 하루아침에 실업자가 된 나는 고향에 내려가서 일 년 동안 과외를 하다가 대학교 때 어학연수를 갔던 뉴질랜드 오클랜드로 일을 하러 떠났다.

그때 일하던 항구 근처 흑진주 가게 옆에 아주 큰 스타벅스가 있었는데, 매주 토요일 오전마다 대략 같은 시간에 한국인 가족이 왔다. 그들은 야외 테라스 테이블에 자리를 잡고, 머릿수대로 사 온 커피와 머핀을 즐기며 아름다운 항구 경치를 배경으로 한동안 이야기했다.

내가 그들을 주목한 이유는 아빠 없이 엄마와 딸만 넷이라는 조금 특이한 가족 형태 때문이었고, 무엇보다 딸들이 하나같이 예뻤다. 나중에 알고 보니 그 엄마는 아주 큰 미장원을 하고 있었는데, 딸들의 미모 덕분에 교민 사회에서 상당히 유명했다.

나는 손님을 기다리며 가게의 통유리창을 닦을 때마다 그 너머로 보이는 가족을 동경했다. 남편과 이혼하고 딸 넷을 키우며 열심히 사는 엄마는 강인하면서도 우아해 보였고, 딸들은 엄마에 대한 애정과 자매 간 우애로 가득했다. 그 풍경에 감동했고, 언젠가 나도 가정을 꾸리면 저렇게 주말마다 행복하고 편안한 브런치 시간을 가져보고 싶다는 생각을 했다. 솔직히 생활에 쪼들리느라 스타벅스 커피 한 잔을 사는 것조차 고민해야 했던 나로서는 그 엄마의 경제적 능력도 부러웠고.

마카롱을 입에 문 채 길냥이들이 나와 해바라기를 하고, 강아지들이 주인과 산책하는 길을 걸어 릴리와 함께 집으로 돌아갈 때면, 가끔 오클랜드 항구와 그 가족의 모습이 떠오른다. 이어서 나와 릴리를 생각한다. 그렇게 릴리와 어깨를 맞대고 걸어가다 문득문득 가슴이 벅차오른다. 이 정도면 우리는 별문제 없이 잘 살아가고 있는 것 같아서. 이 정도면 좋다. 딱 좋다.

생각보다 잘 살고 있어

초판 1쇄 발행 2020년 12월 10일
초판 2쇄 발행 2020년 12월 20일

지은이 | 박산호
펴낸이 | 김보경

편집 | 김지혜
디자인 | 강경신
일러스트 | 최연주
마케팅 | 권순민

펴낸곳 | 지와인
출판신고 | 2018년 10월 11일 제2018-000280호
주소 | (04015) 서울특별시 마포구 포은로 81-1, 201호
전화 | 02)6408-9979 팩스 | 02)6488-9992 이메일 | books@jiwain.co.kr

ⓒ 박산호, 2020

ISBN 979-11-969696-8-4 (03810)